# Au ranch des cœurs fiers

KATHERINE ARTHUR

# Au ranch des cœurs fiers

HARLEQUIN

COLLECTION HORIZON

*Cet ouvrage a été publié en langue anglaise sous le titre :*
A MAN UNTAMED

*Traduction française de*
GENEVIÈVE BLATTMANN




83-85, boulevard Vincent-Auriol, 75013 Paris — Tél. : 45 82 22 77
ISBN 2-280-01789-X — ISSN 0993-4456

# 1.

— Ça y est, c'est lui! J'entends l'hélicoptère!

La gamine aux boucles rousses referma son cahier de devoirs et se précipita à la fenêtre.

— Venez voir, Jennifer! C'est super!

Jennifer reposa la pile d'assiettes sur le comptoir de la cuisine et s'avança derrière Pam. N'était l'image sereine et digne qu'elle souhaitait donner d'elle-même, elle aurait volontiers trépigné de joie avec la fillette.

Elle allait enfin connaître Gary Quinn, l'homme qui l'avait fait venir de Chicago pour se charger de la comptabilité de son énorme ranch, Le Pionnier.

Depuis son arrivée, elle avait reçu différents sons de cloches quant à ce nouvel employeur. Pam, sa pupille de onze ans, l'adorait, même si, selon elle, il explosait parfois en de terribles colères faisant trembler les fondements de la maison. Gary était tout à la fois son père, son idole, son grand frère et son meilleur copain.

L'intendant, Clarence Williams, le décrivait comme un homme droit, dur à la tâche et exigeant. Quant à la femme de ce dernier, Nell, la gouvernante, elle passait son temps à réchauffer les repas de Gary, régulièrement en retard pour déjeuner ou dîner. Evidemment, à courir du matin au soir sur son domaine après les veaux égarés...

Ces petites touches ne suffisaient guère à brosser un portrait complet de Gary Quinn. Néanmoins, une chose au moins était certaine pour Jennifer : ce rancher n'avait rien à voir avec ces fermiers millionnaires pompeusement campés par les vedettes de feuilletons télévisés. Il ne passait pas sa vie derrière un bureau, pas plus qu'il ne visitait sa propriété à l'arrière d'une Cadillac, encourageant ses employés d'un geste ou d'un mot condescendant. Non. Il mettait lui-même la main à la pâte.

Car d'après Clarence, Gary aimait une chose par-dessus tout : jouer les cow-boys.

Un nuage de poussière vint fouetter les vitres tandis que l'hélicoptère atterrissait sur la surface plane entre le bâtiment principal et la petite maison de Nell et Clarence Williams. Un homme en veste de mouton retourné sauta de l'appareil, ses cheveux blonds balayés par la tempête que provoquait l'hélice.

Jennifer fronça les sourcils. Il semblait porter quelque chose dans les bras.

— Il a un veau! cria Pam, tout excitée.

Un veau? Dans la maison? Jennifer se tourna vers Nell, laquelle, sans émotion particulière, s'essuyait les mains sur son tablier.

— Alors au travail, déclara-t-elle. Pam, va chercher les couvertures. Cookie, mets le colostrum dans le four à micro-ondes. Jennifer, allez ouvrir à Gary. Qu'est-ce que j'ai fait de ce biberon, déjà?

Jennifer ouvrit la porte à l'instant même où Gary

franchissait la volée de marches du porche. Une bouffée d'air froid s'engouffra dans la maison, mais Jennifer eut surtout conscience de la chaleur et de l'énergie communicative dont rayonnait la puissante personnalité de Gary.

— Je l'ai trouvé en revenant, expliqua-t-il. Sa mère n'a pas survécu. Il faut qu'on le réchauffe, et vite.

Il tourna son regard bleu vers Jennifer.

— Vous êtes Jenny? Je suis Gary. Attrapez donc des serviettes derrière vous, et commencez à frictionner ce petit gars.

Galvanisée par le feu qui brillait dans ses yeux, Jennifer se rua sur l'étagère indiquée. S'agenouillant devant le veau inerte et mouillé, elle commença à le frotter comme si sa propre vie en dépendait.

Comme entrée en matière auprès de son nouvel employeur, on ne pouvait guère faire plus original!

Quelques heures plus tôt, Jennifer débarquait à l'aéroport de Bozeman, dans le Montana. Elle s'attendait à y être accueillie par Gary Quinn lui-même. Personne ne venant au-devant d'elle dans le terminal, elle récupéra ses bagages et se posta à la sortie, bien en évidence. A tout instant, une limousine s'arrêterait au bord du trottoir avec, au volant ou à l'arrière, Gary Quinn, l'un des plus gros éleveurs du pays, venu chercher Jennifer Tarkinton, sa nouvelle comptable.

Au lieu de cela, elle fut copieusement aspergée par la vieille camionnette qui freina devant elle, juste dans une flaque boueuse. Le conducteur, un homme d'une soixantaine d'années, plutôt petit et râblé, sauta de son siège.

— Désolé, marmonna-t-il sans paraître l'être le moins du monde.

Son regard délavé la détailla des pieds à la tête, sans complaisance. De toute évidence, il n'appréciait pas la tenue élégante de la jeune femme qui se sentit soudain mal à l'aise dans son ensemble gris et ses bottes à talons.

— Vous êtes miss Tarkinton?

— Oui. Vous... êtes monsieur Quinn?

Sa voix trahissait sa déception. Au téléphone, Gary lui était apparu comme un homme jeune et dynamique.

— Non. Le patron n'a pas pu venir. Fallait qu'il nourrisse le bétail dans la montagne. Navré d'être en retard. J'ai bien failli vous oublier.

Il chargea les bagages de Jennifer à l'arrière, ferma la bâche et se réinstalla au volant.

— De toute façon, je ne vois pas pourquoi il n'a pas engagé quelqu'un du pays.

Jennifer s'était elle aussi posé la question, sans y attacher autrement d'importance. Cette petite annonce était arrivée à point nommé dans le journal. Elle avait un tel besoin de fuir Chicago qu'elle avait bondi sur l'occasion que lui offrait Gary Quinn d'échapper aux querelles incessantes et insupportables de ses parents, et de se remettre de sa rupture avec son fiancé.

Contournant le véhicule, elle s'assit sur le siège passager. Une forte odeur animale régnait dans l'habitacle, mêlée à celle d'un désodorisant en forme de botte de cow-boy suspendu au rétroviseur. La tablette sous le pare-brise était encombrée de boîtes d'allumettes, de papier de cigarettes, d'outils divers.

— Je n'ai pas saisi votre nom, dit-elle alors qu'il démarrait.

— Clarence Williams.

Du menton, il indiqua ses vêtements.

— J'espère que vous avez autre chose à vous mettre. Les tailleurs et les talons, c'est pas trop le genre de la maison.

— Oh oui ! J'ai apporté des jeans et des bottes plates. Je voulais seulement faire une bonne impression sur M. Quinn.

Clarence émit un « hmmpf » sceptique, puis alluma la radio. La *country music*, naturellement, était à l'honneur sur les ondes. La voix rauque d'une chanteuse s'étirait plaintivement sur les accords des guitares : « N'épouse jamais un cow-boy, petite sœur, il te brisera le cœur... »

Du coin de l'œil, Jennifer remarqua l'anneau à la main gauche de Clarence. Apparemment, ce cow-boy-là était marié. Elle plaignit sa femme. Il ne devait pas être très facile à vivre... Oh ! Et puis, après tout, ce n'était pas son problème. Elle n'avait pas à plaire à ce rustre. En revanche, elle tenait à être à son avantage quand elle rencontrerait Gary. Les premières impressions laissaient toujours une empreinte indélébile dans les mémoires...

Ils quittèrent très vite l'autoroute pour emprunter un itinéraire sinueux à travers des champs récemment labourés. Une cannette de bière vide roulait à chaque virage, arrêtée dans sa course par une grosse clé à molette. Clarence se pencha pour la jeter dans la boîte à gants.

Le paysage compensait largement le manque d'enthousiasme de Clarence. Pins, mélèzes et érables se courbaient sous le poids de la neige qui transformait les sillons des champs en vagues statiques et régulières. Une vraie carte de Noël. Toutefois, Jennifer doutait que les fermiers obligés de travailler sur cette terre gelée éprouvent le même émerveillement qu'elle. Un vent glacé secouait les branches des arbres et soulevait des nuages de poudreuse. Au cours du communiqué météo, le journaliste venait de faire état d'un blizzard ayant sévi sur les Rocheuses, trois jours plus tôt.

Elle se tourna vers Clarence qui, d'une main, roulait sa cigarette dans le papier gommé sans cesser de conduire.

— La neige restera encore longtemps? demanda-t-elle.

Calmement, il porta le papier à sa bouche et le lécha. La cigarette — un peu maigre — fichée entre ses lèvres, il chercha un briquet. Jennifer le regarda souffler une fumée grise, puis décida qu'il n'avait probablement pas entendu sa question.

— Combien de temps encore...

— Je ne suis pas sourd, la coupa-t-il.

Il aspira une fois de plus une bouffée de tabac, puis répondit :

— Jusqu'à ce qu'elle fonde.

Cherchait-il à être foncièrement désagréable, ou la prenait-il pour une idiote?

— Je m'en doute, dit-elle. Ce que je voulais dire, c'est que...

— J'ai compris ce que vous vouliez dire. Ma petite dame, si je connaissais le jour du dégel, je saurais s'il faut continuer à aller nourrir les bestiaux coincés dans les gorges, ou si ça vaut la peine de leur creuser un chemin et les sortir de là avant qu'il neige de nouveau. D'ailleurs, je devrais être avec le patron, en ce moment, à les nourrir, justement. Il va être d'une humeur massacrante, déjà qu'on a perdu une dizaine de veaux...

Il apparaissait clair que Clarence se serait volontiers passé d'aller la chercher. Pour lui, elle n'était qu'une corvée inutile, une perte de temps.

« L'humeur massacrante » de Gary la préoccupait davantage, en revanche. Pourvu qu'elle n'ait pas à déchanter... Au téléphone, il lui avait paru si sympathique ! C'était même cela qui l'avait en fin de compte convaincue de quitter Chicago et les chamailleries de ses parents.

Toute sa vie, elle avait dû supporter leurs cris et les insultes qu'ils se jetaient à la figure. Sa mère menaçait de casser toute la vaisselle, et, immanquablement, son père partait en claquant la porte, jurant de ne plus remettre les pieds dans cette maison de fous !

Même après avoir emménagé dans son appartement, Jennifer n'avait pu y connaître la paix espérée. Après une dispute, l'un des deux venait inévitablement frapper à sa porte pour lui donner sa version des faits et s'efforcer de la gagner à sa cause.

La coupe avait débordé le soir où, lors d'un dîner chez eux, sa mère avait commencé à aborder le sujet du mariage de Jennifer avec Alan Bailey —

chef comptable de la société où elle avait effectué un stage. Comme de bien entendu, son père s'y était opposé, sans autre raison apparente que celle de chercher noise à sa femme. Le ton s'était envenimé très vite, et injures et menaces se mirent à pleuvoir, sous le regard accablé de Jennifer, principale intéressée à qui pourtant on ne demandait pas son avis.

— Arrêtez! hurla-t-elle soudain en se levant de table.

Les deux belligérants stoppèrent net, interloqués.

— J'en ai assez de vos bagarres! Je n'épouserai pas Alan Bailey, et je vais me trouver un job loin d'ici pour ne plus avoir à vous entendre!

Elle n'avait pas eu l'occasion d'expliquer la raison de sa rupture avec Alan. Et pour cause. Ses parents y auraient trouvé une excellente occasion de se lancer dans leur activité favorite.

Alan avait toujours été d'un commerce agréable. Il manquait bien un peu d'humour, mais sa prévenance et sa gentillesse remplaçaient ce petit grain de fantaisie qui lui faisait défaut. C'est du moins l'opinion que Jennifer avait de lui jusqu'à ce soir où, ayant un peu forcé sur le punch lors d'une soirée chez des amis, il lui était apparu sous un tout autre jour. Quand elle avait voulu se rebeller devant ses caresses un peu trop audacieuses, il lui avait tout simplement assené une gifle magistrale, agrémentée de quelques épithètes dont elle rougissait encore rien que d'y penser.

Au matin, il s'était confondu en excuses, mais trop tard. Jennifer avait définitivement renoncé à quelque projet que ce fût avec lui.

Et c'est trois jours plus tard qu'elle avait lu dans le journal : « Recherchons comptable qualifié(e) pour ranch dans le Montana. Envoyer photo et C.V. au journal, réf. 1342. »

Une fois n'est pas coutume, les parents unirent leurs forces pour la supplier de rester. Sa mère, surtout, avait été catastrophée à l'idée qu'elle ait pu renoncer à épouser Alan Bailey.

— Tu as presque vingt-huit ans, ne l'oublie pas. Le temps passe vite, tu sais. Tu ne trouveras pas des occasions comme celle-là tous les jours.

Aucun argument n'avait pu convaincre Jennifer. Surtout pas le mépris affiché d'Alan pour les cow-boys...

— Ces cul-terreux n'ont aucune éducation. Tu seras vite choquée par leurs manières grossières.

C'était bien à lui de parler d'éducation !

Jennifer se tourna vers le profil buriné de Clarence. Certes, il n'avait ni le vernis ni l'éloquence d'un Alan Bailey, mais il ne craignait sûrement pas, en revanche, de se salir les mains pour accomplir les tâches les plus rudes. Et puis, c'était le genre d'homme à qui l'on pouvait faire confiance. Jennifer le pressentait instinctivement.

Le paysage devenait réellement féerique. Ils longeaient à présent les contreforts des monts Absaroka, hérissés de conifères, se découpant sur un ciel d'un bleu intense. Quand ils franchirent un pont enjambant un torrent à demi gelé, où l'eau se frayait un chemin à travers la glace et les herbes figées dans leur gangue de givre, elle ne put retenir une exclamation étouffée.

Clarence lui décocha un coup d'œil surpris.

— C'est si beau, expliqua-t-elle. Si pur. J'ai l'impression de rêver. Le ranch est encore loin d'ici?

— On arrive.

Il s'engagea bientôt sur un large sentier et, du pouce, lui indiqua la pancarte de bois sur lequel était peint en lettres rouges « Ranch Le Pionnier – Elevage ».

— Où est-il? demanda-t-elle. Je ne le vois pas.

— Vous y êtes. Toute cette vallée appartient au ranch. Une partie des montagnes aussi.

— Et personne n'habite de ce côté?

— Si. Le frère du patron, Forrest, avec son père et une infirmière.

Il se tourna pour cracher un brin de tabac sur le sol.

— Je suis sûr que si le vieux Matt n'était pas cloué au lit, il ne resterait pas avec son blanc-bec de fils.

— Il ne ressemble pas à son frère?

— Forrest? Ressembler à Gary? Ah, pour ça, non! Il préfère mettre des gants plutôt que de se salir les mains...

— J'ai connu un homme de cette espèce, répondit-elle pensivement. Et il ne fait rien, dans le ranch?

Clarence renifla avec dédain.

— Il est censé s'occuper de la vente du bétail, mais ça m'étonnerait qu'il fasse grand-chose. L'est bien trop occupé à courir les jupons. Pas étonnant que sa femme l'ait quitté.

— Et M. Quinn – Gary Quinn... Il est marié?

— Pourquoi? Il ne vous l'a pas dit?

— Non. Et je n'ai pas voulu être indiscrète en lui posant la question.

— Le patron est aussi libre que l'air. Oh, ce ne sont pas les occasions qui lui manquent ! J'en connais plus d'une qui serait prête à lui passer la corde au cou. Mais il n'a pas le temps. Depuis que le vieux Matt est malade, il n'a plus personne pour le seconder sérieusement. Tous les problèmes lui retombent sur les épaules. Il n'a vraiment pas besoin de coquettes ou de fainéants autour de lui.

Le regard appuyé dont il la gratifia était clair : si elle appartenait à l'une de ces catégories, elle pouvait aussi bien retourner illico d'où elle venait.

— Je suis ici pour travailler, répondit-elle sobrement. Rien d'autre.

— Tant mieux. Le patron déteste les paperasseries. Et encore plus d'être assis à un bureau.

— Et il est toute la journée dehors ? Je croyais qu'il aurait des aides pour l'assister.

— Oh, il y en a plein ! Mais le patron est toujours là avec eux, que ce soit pour s'occuper du bétail ou réparer une barrière. C'est un cow-boy dans l'âme. Aussi exigeant pour lui que pour les autres. Il a toujours été comme ça.

— Vous le connaissez depuis longtemps, on dirait ?

— Pour sûr. Je l'ai fait sauter sur mes genoux. Je suis arrivé à dix-huit ans au ranch, et j'en ai soixante aujourd'hui.

Il soupira.

— La race des cow-boys se perd. On en trouve encore dans les rodéos, des fois, mais même là, ce ne sont pas toujours des vrais. Vous montez à cheval ?

— Non. Mon rodéo préféré, à moi, ce sont les chiffres.

Pour la première fois, un semblant de sourire étira les lèvres de Clarence.

— Le patron vous mettra en selle en moins de temps qu'il n'en faut pour le dire. Attendez que la neige fonde, vous allez voir ça... Voilà, on est arrivés.

Derrière un rideau de pins apparaissaient plusieurs bâtiments, certains de deux étages, disposés en forme de U. Seule la maison centrale présentait une façade de pierres blanches ; les autres dépendances, que Jennifer supposa être les écuries et les étables, étaient en bois. De grosses balles de foin s'empilaient dans la large cour de terre battue.

— On vient de rentrer les nouveaux reproducteurs avant que l'orage éclate, expliqua Clarence. Un peu de sang Chianina pour renforcer la race.

— J'ai entendu dire que c'était une bonne idée.

Pendant les deux jours qui avaient précédé son départ, elle avait dévoré tous les articles et reportages qu'elle avait pu trouver sur l'élevage.

— Le temps le dira, répondit-il avec philosophie.

— Etes-vous l'intendant, ici ?

— Il paraît.

Ils venaient d'emprunter une longue allée bordée de pins menant directement à la grande maison.

— La grand-mère du patron a planté ces arbres pour couper le vent, expliqua Clarence. C'est là qu'ils se sont installés quand ils ont acheté leur premier lopin de terre.

De plus près, la maison était réellement agréable

et donnait une impression de solidité et de chaleur. Des volutes de fumée s'échappaient de la cheminée.

— Je devrais vous déposer devant la grande porte, mais ce sera plus facile par l'arrière. J'ai dégagé la neige avant de partir.

La camionnette s'arrêta devant une porte vitrée couverte de buée.

— Je suppose que vous habiterez ici. Nell et moi, on vit là-bas.

De sa main calleuse, il indiqua une petite maison proprette coincée entre ce qui devait être les poulaillers et la porcherie.

— Nell, c'est ma femme. Depuis quarante ans maintenant. Cuisinière et gouvernante, qu'elle est. Allons-y, elle nous attend.

Jennifer était à peine descendue de la camionnette que la porte s'ouvrait à toute volée. Une femme aussi ronde que Clarence était mince apparut, un tablier jaune ceint autour de la taille, par-dessus son jean.

— Dieu du ciel, Clarence, j'ai cru que tu ne reviendrais jamais ! Gary est dans tous ses états ; il n'arrive pas à joindre Mike pour qu'il sorte l'hélicoptère. Son cheval s'est mis à boiter, et il a dû retourner à pied à Fox Canyon. J'ai essayé de joindre Mike, mais je ne sais pas où il est passé...

Clarence opposa un calme étonnant à l'agitation de sa femme.

— Je vais le trouver, t'inquiète pas. Tiens, occupe-toi de miss Tarkinton.

Il posa les bagages de Jennifer dans l'entrée, embrassa brièvement sa femme sur la joue et remonta au volant de son véhicule.

— Et dis à Gary de rentrer avant que son dîner soit froid! lança Nell avant de refermer la porte.

Elle se tourna vers Jennifer en levant les yeux au ciel.

— Ce garçon est toujours en retard. Il était haut comme trois pommes qu'il ne pouvait déjà pas être à l'heure.

S'écartant de Jennifer, elle la détailla des pieds à la tête, comme l'avait fait son mari. Mais l'admiration de Nell était trop sincère et spontanée pour que la jeune femme en éprouvât cette fois la moindre gêne.

— Regardez-moi cette jolie citadine qui nous arrive! Cheveux noirs et yeux verts... Mmmh. La plupart des gens ici sont blonds aux yeux bleus. Ou avec des cheveux gris, comme moi. Ou pas de cheveux du tout, comme Clarence. Vous avez déjà travaillé dans un ranch?

— Non, jamais.

— Ce n'est pas grave. Vous êtes jeune, vous vous y ferez vite. Je n'y connaissais rien moi-même quand j'ai rencontré Clarence. Tenez, laissez-moi vous aider. Je vais vous emmener à votre chambre; vous pourrez vous changer.

Jennifer la suivit dans une immense cuisine, d'un style rustique qui n'avait rien d'affecté, où trônait une table pouvant aisément accueillir une quinzaine de personnes.

Un jeune garçon de dix-huit ans environ pelait des pommes de terre devant l'évier.

— Cookie, va chercher la grosse valise de miss Tarkinton, tu veux? Pam, tu n'as qu'à prendre le petit sac à côté. Miss Tarkinton est ici pour s'occuper des comptes de Gary.

— Je préférerais que vous m'appeliez Jennifer.
Cookie inclina la tête vers elle en souriant, un peu gauche. Pam réagit avec l'enthousiasme de ses onze ans. Elle referma son cahier avec un sourire radieux.

— Ce sont tes devoirs? demanda Jennifer.

La gamine fronça le nez.

— Oui. L'autocar de l'école ne peut pas passer depuis deux jours, et ils nous donnent des exercices à faire pour rattraper.

Elle disparut en courant derrière Cookie pour aller chercher les bagages.

— Cookie est mon assistant en chef, expliqua Nell en entraînant Jennifer vers un escalier aux marches grinçantes. A nous deux, on arrive presque à se charger de la cuisine et du ménage. Et Pam, c'est notre mascotte à tous. M. Quinn l'a adoptée. Je crois qu'elle sera heureuse d'avoir une femme dans la maison. Elle se sent un peu seule, quelquefois, surtout que Gary ne veut pas qu'elle fasse venir son cheval dans sa chambre.

Pam, qui les avait rattrapées, pouffa.

— J'ai essayé de faire monter mon poney, un jour, quand j'étais petite. Gary m'a surprise alors que je le tirais dans l'escalier.

— Je suppose qu'il ne devait pas être très content.

— Gary? Il s'en est étouffé de rire!

« Un bon point pour Gary Quinn », songea Jennifer.

— Voilà votre chambre, annonça Nell.

Le palier se divisait en deux couloirs. Après avoir emprunté celui de droite, Nell poussa la porte d'une pièce spacieuse, très claire et meublée d'un lit aux montants de pin vernis, d'une table, d'un confortable rocking-chair, d'une grosse commode et d'une télévision.

— La penderie est ici, la salle de bains à côté. Et quand il fera plus chaud, vous pourrez profiter du balcon. On voit toute la vallée, d'ici. On va vous laisser, maintenant. On dîne à 6 heures, mais vous pouvez venir nous rejoindre dès que vous voulez, bien sûr. D'autant qu'on ne refuse jamais un coup de main pour la cuisine.

— Vous pourrez m'aider pour mes devoirs, aussi, renchérit Pam. Je parie que vous êtes fortiche, en maths.

— Je me débrouille.

Il était évident que la fillette n'avait pas envie de redescendre.

— Tu peux rester, si tu veux, pendant que je déballe mes affaires. Après, on regardera tes problèmes ensemble.

— O.K. Je peux, Nell ?

Nell ébouriffa les boucles rousses de Pam.

— Bien sûr. A tout à l'heure.

Tandis que Pam lui parlait de son cheval, de l'école et du ranch, Jennifer rangea ses vêtements dans la penderie et dans la commode aux tiroirs profonds.

— Vous vous habillez toujours comme ça ? demanda Pam en l'observant d'un œil critique.

— Pour travailler, oui. Mais sûrement pas ici.

— Ce ne serait pas pratique pour monter à cheval.

— De toute façon, je n'en ai aucune intention.

La seule fois où j'ai essayé, je devais avoir ton âge, et je me suis cassé le bras en tombant.

Afin de préserver malgré tout une certaine dignité aux yeux de la fillette, elle se garda d'ajouter que ce malheureux épisode s'était déroulé sur un poney à la fête foraine. Pam la considérait déjà avec stupéfaction.

— Vous ne savez pas monter à cheval?

— Eh non! Mais ce n'est pas grave. Je n'ai pas été engagée pour cela, mais pour tenir les comptes en ordre.

— Vous allez apprendre. Et vous habiller autrement. Sinon, Gary va vous regarder d'un drôle d'œil.

Jennifer sourit, amusée.

— Tu as raison. Je vais me changer. J'en ai pour deux minutes.

Elle troqua avec plaisir sa jupe droite et ses talons contre un jean, un gros pull irlandais et des bottes de style western flambant neuves — elle les avait achetées la veille de son départ.

— C'est mieux? demanda-t-elle en sortant de la salle de bains.

— Beaucoup mieux. Vous avez l'air d'une vrai « cow-girl », comme ça! Venez, je vais vous faire visiter le reste de la maison.

Elle la précéda dans le couloir, montrant au passage différentes chambres aux portes entrouvertes.

— C'est là que dorment les gens qui passent à la maison. Des ranchers ou des acheteurs de la ville. Parfois, aussi, Tanya reste quelques jours avec nous. C'est la femme de Forrest, le frère de Gary.

Ils sont séparés, mais il lui arrive de faire de la comptabilité. Je ne crois pas qu'elle soit très douée, mais Gary n'a pas le cœur de le lui dire. Il est tellement gentil. C'est pour cela que je suis ici, vous savez. Mon père et ma mère ont été tués dans un blizzard, quand j'avais cinq ans. Et comme mon père travaillait pour Gary, il a décidé de m'élever. Il était si triste, après. Et comme il m'aimait bien...

Décidément, les éloges pleuvaient sur cet homme qu'elle découvrait tour à tour tendre, généreux, exigeant ou coléreux.

Pam lui montra encore sa chambre — aux murs tapissés de posters de chevaux et de rodéos — et celle de Gary, dans l'autre couloir. Vaste et probablement exposée au sud, la pièce baignait dans un doux désordre.

— Il est fouillis, expliqua Pam. Comme moi. Mais moi, on m'oblige à faire mon lit tous les jours. Venez voir. Là, c'est le coin spécial de Gary.

Les murs tendus de tissu grenat et les lourds doubles rideaux conféraient à la pièce une atmosphère insolite qu'elle ne s'attendait pas à trouver dans cette maison. Mais ce fut surtout le piano blanc surmonté de deux chandeliers de cuivre qui surprit Jennifer.

— Il m'apprend à jouer, dit Pam.

Jennifer aurait eu des questions à poser sur ce fermier mélomane, mais Pam ressortait déjà.

— Là, c'est le bureau, dit-elle en montrant une porte face au « coin spécial ». Je ne peux pas vous le montrer, Gary le ferme à clé quand il n'est pas là.

— Il s'en chargera à son retour. Merci pour la visite, Pam. Je pense que je vais me plaire, ici. C'est une très belle maison.

— On ferait mieux de se dépêcher de descendre pour aider Nell et Cookie. Gary devrait rentrer bientôt. J'espère qu'il sera de bonne humeur. Il est pire qu'un tigre, quand il se met en colère. Mais je m'en fiche, ajouta-t-elle en haussant les épaules. Je sais qu'il ne me mangera pas, de toute façon. Il est trop gentil pour ça.

Jennifer dîna à la grande table au milieu de quelques-uns des aides que sa présence semblait rendre momentanément muets et timides. Il fallut la verve de Nell pour que l'atmosphère ne devienne pas pesante. Clarence était rentré, aussi. Il avait enfin réussi à mettre la main sur Mike qui s'était envolé avec l'hélicoptère pour aller chercher « le patron ».

Les aides une fois repartis dans leurs quartiers, Jennifer aida Nell à débarrasser la table. Elle portait la pile d'assiettes vers l'évier quand Pam bondit de sa chaise et courut vers la fenêtre.

— Ça y est, c'est lui ! J'entends l'hélicoptère !

Jennifer frictionnait le veau avec toute la vigueur dont elle était capable.

— Le colostrum arrive, Jenny. [illegible]

Gary avait retiré sa veste et, agenouillé face à Jennifer, il frottait l'arrière-train du nouveau-né.

Toute la maisonnée s'affairait, l'un renouvelant les serviettes à mesure qu'elles devenaient trempées, et Cookie apporta un radiateur électrique qu'il mit en route devant eux. Jennifer ne tarda pas à devenir écarlate. De temps à autre, elle levait les yeux sur Gary. Concentré sur sa tâche, il semblait n'avoir conscience, en cet instant, que de cet animal dont la vie était entre leurs mains.

Bientôt le veau, tout à fait sec, commença à trembler.

— C'est bon signe, déclara Gary en encourageant Jennifer d'un clin d'œil.

Ils frictionnèrent encore pendant dix bonnes minutes jusqu'à ce que les tremblements se fassent plus rares. Gary repoussa la mèche de son front du revers de la main.

— Je crois qu'on va pouvoir arrêter. Mettez votre pouce dans sa bouche pour voir s'il tète.

# 2.

Jennifer frictionnait le veau avec toute la force dont elle était capable.

— Le colostrum arrive ! lança Nell.

Gary avait retiré sa veste et, agenouillé face à Jennifer, il frottait l'arrière-train du nouveau-né.

Toute la maisonnée s'affairait. Pam renouvelait les serviettes à mesure qu'elles devenaient trempées, et Cookie apporta un radiateur électrique qu'il mit en route devant eux. Jennifer ne tarda pas à devenir écarlate. De temps à autre, elle levait les yeux sur Gary. Concentré sur sa tâche, il semblait n'avoir conscience, en cet instant, que de cet animal dont la vie était entre leurs mains.

Bientôt le veau, tout à fait sec, commença à trembler.

— C'est bon signe, déclara Gary en encourageant Jennifer d'un clin d'œil.

Ils frictionnèrent encore pendant dix bonnes minutes jusqu'à ce que les tremblements se fassent plus rares. Gary repoussa la mèche de son front du revers de la main.

— Je crois qu'on va pouvoir arrêter. Mettez votre pouce dans sa bouche pour voir s'il tète.

Jennifer s'exécuta et sentit la langue chaude du veau s'enrouler autour de son doigt. Elle hocha la tête en souriant.

— Il tète.

— O.K. Mettons-le sur ses pieds.

Les mains sous son ventre, il souleva le veau dont les pattes encore faibles fléchissaient sous son poids. Mais Pam vint à la rescousse et le maintint debout tandis que Nell apportait le biberon. Elle laissa couler une goutte tiède sur la langue de l'animal qui se jeta goulument sur l'énorme tétine.

Un sourire de triomphe éclaira les traits de Gary.

— Bon travail, Jenny ! On dirait que vous n'avez fait que ça toute votre vie !

Elle ne savait que répondre, étourdie par la chaleur de son sourire. Il émanait de lui une vitalité étonnante qui paraissait électriser la pièce.

Clarence, qui venait de revenir avec deux des aides, s'extasia sur l'ardeur du veau à tirer sur sa tétine.

— On a préparé la nurserie. Paille fraîche et chauffage. Ken et Flint se relaieront pour le nourrir avant qu'on lui trouve une mère adoptive.

— Très bien, acquiesça Gary. Il n'y a qu'à l'envelopper dans la couverture pour l'emmener. Maintenant qu'il a pris son colostrum, il devrait tenir le coup.

Dès que les aides furent repartis avec le veau, Gary se tourna vers Jennifer et, sans qu'elle s'y attende, l'étreignit soudain avec une telle force qu'elle en perdit le souffle.

— Merci, Jenny ! Vous vous êtes débrouillée comme un chef ! Je suis sûr que ce n'est pas le genre d'accueil que vous imaginiez...

— Non. Pas tout à fait.

— La vie est une aventure. Il faut profiter de toutes les occasions qu'elle nous offre !

Roulant ses manches, il s'avança vers l'évier de la cuisine et s'aspergea le visage d'eau fraîche avant de se laver les mains.

— Vous savez ce qu'est le colostrum ?

— Non.

— C'est le premier lait de la mère. Il donne au veau l'immunité qui lui permet de survivre. S'il ne le boit pas dans les heures qui suivent sa naissance, ce n'est même pas la peine d'essayer de le sauver. Aussi, on en a toujours en réserve qu'on congèle.

— Je vois, dit-elle, un peu déroutée.

Elle avait la sensation, depuis qu'il avait franchi la porte, de vivre dans un autre monde. Fascinée, elle l'observa tandis que, tout en s'essuyant les mains, il distribuait ses ordres autour de lui.

— Clarence, tu restes là pendant que je dîne. Pam, tu vas venir m'embrasser et demander ensuite à Jenny si elle veut bien te lire une histoire avant de t'endormir pendant que je discute avec Clarence. Tu as fini tes devoirs ?

— Presque.

La fillette enroula les bras autour du cou de Gary qui la souleva du sol comme une plume.

— Jenny m'a aidée pour mes maths.

— Super. J'ai l'impression que Jenny va être plus utile qu'une demi-douzaine d'aides, dans cette maison. J'espère que cela ne vous ennuie pas d'être encore de service ? On n'a pas beaucoup le temps de souffler, ici.

— Je m'en suis rendu compte, répondit-elle en

riant. Non, cela ne me gêne pas du tout. Allez, Pam, on va terminer ce problème.

— Dors bien, Pam. Jenny, je vous verrai d'ici une heure. Venez prendre le café avec moi.

Malgré le sourire, Jennifer ne s'y trompa pas. L'ordre perçait sous l'invitation. Gary Quinn n'avait sans doute pas l'habitude d'être contredit.

Trente minutes plus tard, Jennifer refermait le livre dont elle venait de lire un chapitre à Pam.

— Je suis contente que vous soyez venue ici, déclara Pam. Et je sais que Gary aussi. Quand il a vu la photo que vous aviez envoyée, il n'a même pas regardé vos références. Il a dit qu'il vous emploierait même si vous ne saviez pas faire les retenues dans vos additions.

Jennifer inclina la tête.

— Il a dit cela? Il plaisantait, sûrement. Il n'aurait tout de même pas embauché quelqu'un d'incompétent pour ce travail.

Pam haussa les épaules et réajusta son oreiller derrière elle.

— Peut-être. N'empêche qu'il vous trouve drôlement jolie. Et moi aussi. Vous êtes encore plus belle que sur la photo.

Jennifer s'attarda un peu dans sa chambre avant de redescendre. Enfin, après s'être brossé les cheveux et maquillé les lèvres d'une légère touche de brillant, elle s'apprêta à rejoindre Gary.

Alors qu'elle approchait de la cuisine, elle l'entendit plaisanter avec son intendant.

— Clarence, arrête de glousser comme une

vieille poule. Vous êtes assez nombreux pour vous passer de moi une journée, je t'assure.

Jennifer s'approcha. Il tourna la tête.

— Ah, Jenny! Venez vous asseoir. Clarence était en train de se moquer de moi parce que je veux vous emmener visiter le ranch, demain. Comme cela fait des années que je n'ai pas pris un seul jour de repos, il s'imagine je ne sais quoi! C'est tout de même le minimum que je puisse faire, quand une si jolie fille vient se perdre dans le Montana pour m'aider à tenir mes comptes.

Il sourit, et une fois de plus Jennifer fut déconcertée par la sensation électrisante qu'il lui communiquait.

Comme elle s'asseyait, Clarence se leva.

— J'y vais. A demain, Gary. Miss...

— J'espère que ce n'est pas moi qui le chasse, dit Jennifer sitôt qu'il fut parti.

— Pas du tout. Nous avions fini de discuter. Et Clarence ne s'attarde jamais pour bavarder. Il n'a pas le temps, avec tout le travail qu'il fournit...

Se tournant sur le côté, il repoussa sa chaise pour poser les pieds sur celle qu'avait occupée Clarence, et soupira d'aise.

— Ah, c'est mieux! Mes pauvres jambes protestent contre l'exercice que je leur ai imposé. Deux kilomètres dans la neige... Cookie! Tu peux nous apporter un autre café, pour Jenny et moi?

Jennifer croisa nerveusement ses mains devant elle. Gary allait sans doute lui expliquer ce qu'il espérait d'elle, et la façon dont il souhaitait la voir travailler.

Pour l'instant, il se contentait de la regarder avec

une telle intensité qu'elle se sentit rougir comme une adolescente. D'un sourire, elle remercia Cookie qui venait de poser une tasse de café devant elle, et reporta son attention sur Gary.

— Alors, Jenny. Que pensez-vous de la vie au ranch, jusqu'à maintenant? Plutôt mouvementée, non?

— Plutôt, oui. Au moins, je ne risque pas de m'ennuyer.

— Certainement pas!

— Néanmoins, je suis impatiente de pouvoir me mettre au travail.

Gary rejeta la tête en arrière et se mit à rire. Jennifer le considéra avec étonnement.

— Je ne vois pas ce qu'il y a de drôle, monsieur Quinn. Je suis venue ici pour être votre comptable.

— Bien sûr. Mais d'abord, mon nom est Gary. Et ensuite, je suis persuadé que vous déchanterez très vite quand vous verrez ce qui vous attend.

— Au risque de vous paraître bizarre, je vous assure que rien ne peut me rebuter dans ce domaine. J'adore mon métier.

— Je ne demande qu'à vous croire. Certaines personnes prennent plaisir à remettre en ordre ce qui ne l'est pas.

— Exactement. Mais je doute que votre comptabilité soit aussi mal organisée que vous le prétendez. Vous ne pourriez jamais vous en sortir, sinon.

Gary haussa les épaules.

— Je ne sais pas. Pour moi, ce bureau est un champ de bataille, mais peut-être est-ce parce que je ne comprends pas le système qu'avait adopté votre prédécesseur. J'espère que le vôtre sera plus clair.

— Il est très simple. Avec un ordinateur, vous disposez de tous les renseignements dont vous avez besoin en quelques secondes.

— Parfait. On reparlera de tout cela dans un jour ou deux. Avant tout…

— Mais, monsieur Quinn…

— Gary.

— Gary… La déclaration fiscale est dans un mois à peine. Il faut que je m'y mette tout de suite, si je veux être prête.

Gary balaya d'un geste ses récriminations.

— Non non, ne vous mettez pas martel en tête pour cela. De toute façon, vous aurez quelqu'un pour vous aider. Je veux avant tout que vous connaissiez le ranch. Il faut bien que vous sachiez de quoi vous parlez, tout de même. Et puis, il y a toujours moyen de se débrouiller, pour la déclaration.

— Oui, évidemment. Je peux demander un sursis…

— Ah, vous voyez bien ! Donc, demain matin, première heure, on se met en selle pour…

— Ah non ! Je ne monte pas à cheval !

Sa véhémence intrigua Gary qui l'observa avec curiosité.

— Je suis tombée d'un cheval et je me suis cassé le bras, quand j'étais petite, expliqua-t-elle.

— Raison de plus vous y remettre sans perdre de temps. Plus vous attendrez, plus vous aurez peur. Vous n'avez rien à craindre, je vous en choisirai un très doux, et nous nous promènerons au pas le premier jour. D'ici le printemps, vous serez une cavalière accomplie. Je veux vous montrer des paysages fantastiques, et il n'y a pas d'autre moyen de s'y rendre.

Jennifer ravala ses protestations. Aucun argument ne tiendrait devant la détermination de Gary. Il était prêt à l'attacher sur sa selle si besoin était, pour l'emmener. La terreur devait se lire dans les yeux de la jeune femme car il ajouta :

— Je vous le répète, Jenny, vous n'avez rien à craindre. J'y veillerai personnellement.

Il s'étira en bâillant.

— Excusez-moi, mais je crois que je vais aller me coucher. Je suis debout depuis 5 heures, ce matin. Mais ne vous sentez pas obligée de m'imiter. Vous pouvez rester pour lire ou jouer du piano, comme vous voulez. Vous êtes ici chez vous, à présent.

— Merci, mais je vais monter aussi. Je n'ai pas fini de déballer mes valises.

Ils gravirent ensemble l'escalier. Arrivée sur le palier, Jennifer se retourna vers lui.

— Eh bien... bonsoir, dit-elle, un peu gauche.

Il eut un sourire vaguement amusé.

— Je vous rends nerveuse?

— Oh non! se récria-t-elle avec un peu trop de vivacité. C'est seulement que... il me faut le temps de m'habituer à ma nouvelle existence. Je menais une vie si ordinaire, dans mon appartement de Chicago!

— Toute seule?

Elle hocha la tête.

— Sans petit ami?

— Si, un — que je suis particulièrement heureuse de savoir à des milliers de kilomètres d'ici.

Gary fronça les sourcils.

— Il ne vous maltraitait pas, j'espère?

Jennifer regretta cette confidence. Qu'était-elle allée lui parler d'Alan? Sa vie amoureuse n'était guère un sujet qu'elle avait envie de débattre avec Gary.

— Non, bien sûr, dit-elle. Il était simplement... très ennuyeux.

— Ah bon! Parce que, s'il y a une chose que je ne supporterais pas, c'est qu'on fasse du mal à ma Jenny.

De nouveau, il l'enserra contre son torse puissant, comme il l'avait fait quelques heures plus tôt.

— Ne vous en faites pas, Jenny. Ici, vous êtes en sécurité, et je vous promets que vous n'aurez pas le temps de vous morfondre.

Il l'embrassa sur la joue avant de la relâcher.

— Dormez bien. Je vous retrouverai à 6 heures pour le petit déjeuner.

Jennifer resta quelques instants assise sur le bord de son lit, encore éblouie par le sourire de Gary. D'un geste machinal, elle se caressa la joue, là où il avait posé ses lèvres.

Quelle journée! Si elle avait pu imaginer ce qui l'attendait, en quittant Chicago, ce matin... L'image qu'elle s'était forgée de Gary devenait risible, à présent qu'elle le connaissait. Ce n'était pas exactement l'homme cravaté et tiré à quatre épingles qu'elle avait pensé rencontrer à l'aéroport au volant de sa limousine. Il serait plutôt venu la chercher à cheval, s'il l'avait pu! Aucune prétention, en lui ; pas la moindre affectation. Son charme irrésistible résidait précisément dans sa nature généreuse et spontanée.

Evidemment, il n'était peut-être pas très protocolaire de le laisser l'étreindre comme il le faisait, et l'appeler « sa Jenny ». Demain, il faudrait qu'elle mette le holà à cet excès de familiarité, avant que cela ne devienne trop embarrassant.

Elle se pencha vers le miroir de la salle de bains. Ses yeux étaient curieusement brillants, et ses pommettes rosées. Elle haussa les épaules, se moquant d'elle-même. Il lui fallait vraiment peu de chose pour la mettre dans tous ses états. Un malheureux baiser, et la voilà qui s'affolait comme une gamine à la veille de son premier flirt.

« Demain », se promit-elle encore. Elle mettrait les points sur les *i*. Afin qu'il ne subsiste pas la plus petite ambiguïté…

# 3.

Son réveil ne s'était pas encore déclenché qu'un raclement sous son balcon la tira du sommeil. Il lui fallut quelques instants pour se rendre compte que quelqu'un dégageait probablement la porte de la neige tombée au cours de la nuit.

L'aube n'était pas encore levée, mais une lointaine lueur annonçait l'imminente naissance du jour. Jennifer s'apprêtait à se rendormir quand un visage apparut à sa vitre. Gary ! Il pressa son nez sur la vitre, sourit et disparut. Sans doute était-il passé par le balcon de la pièce voisine, communiquant avec le sien.

Trois secondes plus tard, il frappait à sa porte. Jennifer pesta. Il lançait le bouchon un peu loin ! Venir la tirer du lit à 5 heures du matin et faire le guignol à sa fenêtre ! Elle n'avait donc droit à aucune intimité, dans cette maison ?

Les coups à la porte se firent insistants. Furieuse, elle enfila sa robe de chambre.

— Qu'est-ce qu'il y a ? Il n'est pas encore 6 heures !

— Venez voir une minute.

Il poussa la porte qu'elle maintenait simplement

entrebâillée et, posant le bras sur ses épaules, l'entraîna vers la fenêtre.

— Là-bas, dit-il en lui indiquant l'est.

De mauvaise grâce, elle suivit son regard. Et sa colère tomba comme par enchantement devant le spectacle qui s'offrait à sa vue.

Les montagnes étaient coiffées de la couronne flamboyante du soleil qui teintait de pourpre et d'or la neige scintillante des cimes.

— Je n'ai jamais rien vu de plus beau, murmura Jennifer, subjuguée.

Elle releva la tête vers lui.

— Je suis désolée de vous avoir reçu aussi désagréablement. C'est magnifique.

Il la gratifia d'un de ces sourires auxquels, décidément, elle ne pouvait rester insensible.

— Je vous préfère comme cela. Un moment, j'ai cru que vous alliez me mordre, tout à l'heure.

— Je ne suis jamais de très bonne humeur quand je sors du lit.

De nouveau, elle se tourna vers les crêtes ourlées d'un feston incandescent. En contre-jour se découpait la silhouette majestueuse d'un rapace planant au-dessus de la forêt.

— Le monde s'éveille, chuchota Gary. Je tenais à ce que vous voyiez le soleil se lever. Vous saisirez peut-être mieux ainsi pourquoi j'aime autant ce ranch. Ma mère m'avait raconté un jour que la première fois où elle a assisté à ce spectacle, elle s'était crue morte et montée au paradis.

— Je la comprends... Je ne pensais pas que j'aurais un jour à remercier quelqu'un de m'avoir réveillée. J'ai bien envie de mettre tous les jours mon réveil à 5 heures.

— C'est une excellente manière de commencer une journée.

Jennifer sentit ses joues s'empourprer comme la neige des cimes sous le regard caressant de Gary.

— Je vous attends en bas, dit-il. Couvrez-vous chaudement.

Déterminée à ne pas se laisser submerger par les émotions que provoquait en elle le moindre sourire de Gary, Jennifer arborait un air de retenue très professionnelle en arrivant dans la cuisine. Cette façade ne fut pas longue à s'effriter devant l'accueil enthousiaste de Pam qui lui sauta au cou, et les saluts amicaux des aides déjà attablés.

L'un de ceux qu'elle avait déjà vus la veille, Flint, donna un coup de coude dans les côtes de son voisin.

— Dis bonjour à miss Jennifer, Barkley. Il ne vient jamais déjeuner ici, mais il a tenu à faire le chemin aujourd'hui rien que pour vous voir, ajouta-t-il à l'attention de la jeune femme.

— Bonjour, Barkley. Ravie de vous connaître, dit-elle.

L'homme, d'une trentaine d'années, leva à peine les yeux vers elle et marmonna un « miss... » embarrassé avant de plonger le nez dans son bol de café noir.

Gary n'était pas là. Jennifer saisit une corbeille de petits pains et l'apporta à la table avant de s'asseoir. De la musique lui parvenait, depuis quelque part à l'étage. Du Chopin, ou bien du Liszt. Gary aimait peut-être écouter un disque le matin avant de descendre...

Pam finit son bol de céréales et se leva de table.
— Qui m'emmène au car de l'école, aujourd'hui?
— Moi, je peux, répondit un des aides. C'est sur mon chemin.
— O.K. Je vais chercher mes affaires et dire au revoir à Gary.
Jennifer suivit les pas précipités de Pam dans l'escalier et jusque dans sa chambre. Deux minutes après, la petite fille en ressortait pour aller dans la pièce voisine. Soudain, la sonate s'arrêta, remplacée par une pompeuse musique de fanfare. Jennifer reposa sa tasse. Dieu du ciel! C'était Gary qui jouait! Jamais elle n'aurait cru que ces larges mains si fortes puissent interpréter quelque chose d'aussi délicat. Elle entendit Pam rire aux éclats puis redescendre quatre à quatre les marches avant de réapparaître dans la cuisine, emmitouflée dans son écharpe et son manteau.
Elle lança un « au revoir » claironnant à la cantonade, puis l'aide quitta la table à son tour et tous deux sortirent, accompagnés par le verbiage ininterrompu de Pam.
— Un vrai tourbillon, cette gamine, commenta Clarence avec un sourire affectueux. La maison est plus gaie depuis qu'elle est là. C'était une vraie tombe, après...
Il s'interrompit brusquement, les yeux fixés sur Gary qui venait d'entrer. Jennifer regretta de ne pas en savoir plus. « Après quoi? » se demanda-t-elle. Mais Clarence, manifestement, n'en dirait pas davantage devant Gary.
Gary salua tout le monde d'un sourire et s'assit

face à Clarence avec lequel il se mit à discuter des tâches de la journée, tandis que Jennifer, en silence, grignotait un toast.

— Et comment va notre nouveau-né? s'enquit Gary.

— Il dévore, répondit Flint. Jamais vu ça.

— On ira lui rendre visite tout à l'heure.

Avisant le léger toast beurré dans la main de Jennifer, il fronça les sourcils.

— Vous feriez mieux de manger plus que ça. Il fait encore froid, dehors.

Elle secoua la tête.

— Je ne peux pas. Je n'ai aucun appétit, le matin. Je survivrai, ne vous inquiétez pas.

— Je n'en suis pas certain. De toute façon, dès que vous serez habituée au grand air, vous dévorerez aussi, comme notre veau.

Il donna quelques dernières instructions à Clarence et aux aides, puis se leva de table.

— Allons-y, Jenny. Le *wild west* nous attend!

Ce « Jenny » rappela à Jennifer ses résolutions de la veille. Dès qu'ils seraient seuls, elle lui en ferait part. Car pour le peu qu'elle connaissait de lui, il n'apprécierait sûrement pas d'être remis à sa place devant témoins.

Dans sa chambre, elle enfila ses grosses chaussettes, ses bottes, enroula une écharpe rouge autour de son cou, avec gants assortis, et boutonna sa veste fourrée.

Gary l'accueillit d'un regard approbateur.

— Le rouge vous va bien. Avec vos yeux verts, vous ressemblez à un cadeau de Noël.

Posant son bras sur les épaules de la jeune femme, il s'apprêta à ouvrir la porte.

— Non, ne... ne faites pas ça.

Sa voix n'était pas aussi ferme qu'elle l'aurait souhaité. Cette comparaison avec un cadeau de Noël l'avait troublée, surtout la gentillesse avec laquelle il avait dit ces mots.

— Faire quoi? demanda-t-il en l'entraînant dehors.

— Ne me prenez pas par les épaules.

Agacée de sa propre faiblesse, elle s'était cette fois exprimée d'un ton plus sec qu'elle ne l'aurait souhaité. Gary laissa aussitôt retomber son bras.

— Excusez-moi..., dit-il, plus surpris que vexé. Vous avez encore peur de moi?

— Pas du tout.

Alors pourquoi ne pouvait-elle soutenir le bleu intense de ses yeux?

— C'est simplement que... ce n'est pas correct, voilà. Je suis votre employée, et non votre petite amie. Vous ne vous comporteriez pas comme ça avec un de vos aides, n'est-ce pas?

L'idée divertit beaucoup Gary.

— Pas vraiment! Vous m'accusez de harcèlement sexuel, si je comprends bien? Je crois que c'est à la mode dans le cadre de la libération de la femme, non?

— Eh bien, non, je... je n'y avais pas vraiment pensé de cette manière.

Elle soupira, relevant brièvement les yeux vers lui.

— Je trouve que votre attitude est un peu trop familière, étant donné qu'on ne se connaît que depuis hier.

Contre toute attente, Gary partit d'un rire

énorme. La confusion la plus totale se peignit sur les traits de Jennifer.

— Pardonnez-moi, dit-il. Mais vous êtes tellement adorable que je ne peux pas m'empêcher de vous prendre dans mes bras. Je suppose qu'à la ville, ce genre d'attitude est plutôt mal vu. Mais avec moi, je peux vous assurer que vous n'avez rien à craindre. Qu'est-ce que vous voulez, c'est plus fort que moi. Je vais avoir du mal à me corriger, vous savez. Il faudra m'attacher les mains dans le dos.

Il eut une fois de plus ce même sourire désarmant.

— A moins que vous ne vous rendiez compte, finalement, que mes intentions sont beaucoup plus honorables qu'il n'y paraît? Vous croyez que c'est possible?

Jennifer, décontenancée par la franchise de Gary, se mit à bafouiller.

— Je ne sais pas. Je suppose...

Avec un faible sourire, elle glissa les mains dans ses poches et le suivit, ses pieds s'enfonçant dans la neige cotonneuse.

Un sentiment nouveau était né en elle. Elle découvrait le plaisir de se sentir protégée, et désirée, aussi. Mais ce désir n'avait rien à voir avec celui d'un Alan Bailey, par exemple. Rien que d'y penser, elle avait la sensation d'être salie. Non, le désir de Gary était si naturel, si tendre, qu'une sorte de chaleur lui courait dans les veines rien que de l'évoquer...

— Jenny? dit-il doucement. Vous êtes bien silencieuse. Vous m'en voulez?

— Non. Je ne suis pas habituée à une telle honnêteté, c'est tout.

Il haussa les épaules.

— La vie est trop courte pour qu'on s'amuse à jouer à cache-cache. Mais j'imagine que ce genre de philosophie n'est pas de mise dans la bonne société. C'est du moins ce que m'a dit mon frère.

Jennifer remarqua l'hostilité qui perçait dans sa voix à la mention de son frère.

— Cette société est rarement aussi bonne qu'elle le prétend, répondit-elle. La courtoisie est trop souvent synonyme d'hypocrisie.

— Tout à fait de votre avis, Jenny!

Impulsivement, il la serra contre lui, mais la relâcha aussitôt avec un « oups! » d'enfant pris en faute. Jennifer ne put réprimer un sourire amusé. Elle avait décidé aussi de le reprendre sur ce surnom qu'il lui donnait, mais y renonça.

— J'ai du mal à croire que vous êtes propriétaire de je ne sais combien de milliers de têtes de bétail. C'est une responsabilité, pourtant. Je vous imaginais plus sérieux, plus posé...

— J'ai trente-cinq ans, mais Nell dit toujours que je n'ai pas grandi depuis mes dix-sept ans. Vous trouvez que je ne suis pas assez respectable?

Il redressa les épaules et resserra un nœud de cravate imaginaire.

— Certaines personnes, dans les cercles mondains, pensent que je suis un parangon de dignité. Evidemment, je m'ennuie à mourir dans ces réunions, alors je deviens aussi sinistre qu'eux. Si vous me préférez comme ça, je peux faire l'effort de...

— Non, franchement, je crois que j'aime encore

mieux l'autre. Mais il faut me donner le temps de m'y habituer.

Gary hocha la tête.

— Je comprends. Tout est nouveau pour vous, ici. Mais ne soyez pas impatiente, vous vous sentirez très vite aussi à l'aise que n'importe lequel d'entre nous.

Il s'arrêta devant les écuries, au-delà desquelles Jennifer aperçut un grand paddock.

— Les chevaux que nous gardons ici sont particuliers, expliqua-t-il. On les élève et on les vend ensuite à des acheteurs étrangers. Cela constitue une entreprise et une comptabilité séparées. Venez voir...

Alors qu'ils s'approchaient du paddock, un superbe cheval noir s'avança vers eux et passa la tête par-dessus la barrière.

— Hello, Coal King. Dis bonjour à Jenny. Jenny, je vous présente un de nos meilleurs étalons. Le premier à être né au ranch.

La fierté de Gary était évidente, et Jennifer ne pouvait que la comprendre. L'étalon était réellement magnifique. Mais devant le coup de tête farouche de l'animal, elle sentit resurgir ses appréhensions.

— Il est très beau, dit-elle. Vous le montez?

— De temps à autre. Mais il est plutôt capricieux. Ce n'est pas un cheval à mettre entre des mains inexpérimentées. Comme tous les étalons, d'ailleurs. N'entrez pas dans son box, même s'il a l'air amical.

— De ce côté-là, il n'y a pas de risque!

Gary lui prit le bras.

— Maintenant, venez faire connaissance avec votre monture.

— Oh, Gary, je vous en prie... On ne peut pas prendre une voiture? Je ne me sens vraiment pas prête à...

— Mais si, vous allez voir. Midnight est aussi confortable qu'un rocking-chair. Elle a dix-huit ans, et c'est la mère de Coal King. Elle m'a été offerte pour mes dix-sept ans, et je lui ai inculqué les bonnes manières d'une vraie lady. D'ailleurs, vous pouvez lui parler. Elle comprendra tout ce que vous lui direz.

— Et si je lui dis qu'elle me terrifie?

Jennifer cligna des yeux pour ajuster sa vue à la semi-pénombre de l'écurie après l'éblouissement du soleil sur la neige.

— Eh bien, elle redoublera de prudence... La voilà. Elle a reconnu ma voix.

Une tête noire dépassait du box, les oreilles pointées en avant.

— Bonjour, ma belle.

La jument frotta ses naseaux contre le bras de Gary qui lui flatta l'encolure.

— Je t'amène une nouvelle cavalière. Tu veux bien l'emmener promener, Midnight?

La jument hocha la tête, de bas en haut. Gary se retourna vers Jennifer.

— Vous voyez? Ça lui fait plaisir.

Le regard incrédule de Jennifer passa de l'animal à Gary.

— Elle comprend vraiment?

— Puisque je vous le dis... C'est la plus intelligente des juments. Elle me connaît mieux que quiconque, et si un jour vous voulez savoir mes secrets, adressez-vous à elle. La seule règle, c'est de lui poser des questions auxquelles elle puisse répondre par oui ou par non. Essayez.

Se sentant un peu stupide, Jennifer se planta devant la jument.

— Est-ce que tu sais que j'ai une peur bleue de monter sur ton dos, Midnight?

De nouveau, l'animal hocha la tête deux ou trois fois, énergiquement.

Gary arborait un petit sourire satisfait.

— Qu'est-ce que je vous avais dit?

Il attrapa la bride et l'enfila sur la tête de Midnight avant d'ouvrir la porte du box.

— Tenez, sortez-la pendant que je vais chercher mon cheval. Je vous montrerai comment on met la selle.

Elle faillit protester mais se ravisa, craignant de passer pour une véritable idiote. Les dents serrées, elle tira la jument jusque devant le paddock, sans oser se retourner.

Non sans humour, elle songea à ses résolutions de la veille. Quel fiasco! Gary, sans la forcer, parvenait à faire d'elle ce qu'il souhaitait. Sa pire arme était sans doute sa gentillesse. Si au moins il usait d'autorité, elle pourrait se rebiffer sans remords. Mais non...

Gary la rejoignit et lui fit attacher la bride à la barrière du paddock avant de l'emmener dans la sellerie. En très peu de temps, il lui avait présenté un inventaire de tous les accessoires qu'elle avait besoin de connaître, et pour son usage personnel, et pour la comptabilité.

— Il y a une foule de choses à répertorier, dans ce ranch. Je n'ai jamais eu tellement confiance dans la façon dont McDonald, votre prédécesseur, s'en sortait. N'ayez pas peur de demander de l'aide si vous le jugez utile. Mais assez bavardé, il est temps de nous mettre en route.

Il donna une selle à Jennifer, prit la sienne et lui montra ensuite comment la fixer, insistant pour qu'elle s'en charge elle-même.

— Parfait. Maintenant, à cheval! Coincez votre pied dans l'étrier, je vais vous pousser.

Jennifer leva les yeux vers Midnight qui lui parut soudain deux fois plus grande. Sa gorge se dessécha; avec une anxiété croissante, elle se passa la langue sur les lèvres.

— Gary..., dit-elle d'une petite voix plaintive. Il n'y a vraiment pas d'autre solution?

— Eh bien, voyons...

La mine faussement concentrée, il affecta de réfléchir.

— Je peux vous emmener dans une camionnette, bien sûr. Mais à la condition que vous me laissiez vous tenir par le cou, et vous embrasser.

— Bon. Je choisis Midnight.

Le rire de Gary était réellement explosif.

— Je me doutais bien que je saurais trouver les bons arguments pour vous convaincre! Allez, assez perdu de temps. En selle!

Deux minutes plus tard, ils s'éloignaient de la maison par un sentier longeant le paddock. Jennifer, transformée en statue et cramponnée au pommeau de cuir, regardait droit devant elle, sans rien voir, persuadée qu'au moindre faux mouvement,

Midnight l'enverrait promener d'une ruade dans la neige.

— Allons, Jenny ! Je parie que vous en oubliez de respirer ! Décontractez-vous ! Laissez votre corps se balancer au rythme de la marche, au lieu de vous tenir raide comme un manche à balai !

— C'est facile à dire, pour vous, marmonna-t-elle entre ses dents, le menton rentré dans le cou.

Petit à petit, cependant, elle parvint à se relaxer. Oh, pas au point de pouvoir se tourner pour bavarder nonchalamment avec Gary, bien entendu ! Mais assez pour ne plus ressentir cette horrible crampe qui lui tenaillait le ventre.

Il avait raison, le doux balancement que lui imprimait Midnight était en fin de compte très agréable. Et presque hypnotique. Sa tête commença à ballotter et tomber en avant.

— Hé ! Vous n'allez pas vous endormir, maintenant ! plaisanta Gary. Gardez les yeux ouverts !

— Mmmh. Ça sent bon, par ici.

— Content de voir que vous respirez de nouveau. Cela sent le printemps. Le dégel ne devrait pas tarder. Et dans quelques semaines, les vallées seront envahies de fleurs sauvages.

— Ce doit être splendide.

— Fabuleux. Encore une chose dont je ne me lasse pas. On va faire demi-tour, à présent. Pour une première sortie, ça suffira. Dès que la neige aura fondu, on commencera les leçons sérieuses. Et vous vous plaindrez bientôt que Midnight est trop docile pour votre goût.

— Au cas où vous l'auriez oublié, Gary Quinn, je suis ici pour m'occuper de la comptabilité, et non pour prendre des cours d'équitation.

Elle descendit de Midnight aussi peu gracieusement qu'elle y était montée, avec la sensation d'avoir les jambes en forme de parenthèses. Quant à son estomac, il commençait déjà à protester.

Gary secoua la tête, avec un « tss tss » qui l'exaspéra.

— Je vous avais dit de manger plus. Pas étonnant que vous soyez grognon, avec un ventre vide.

Jennifer, renfrognée, le suivit vers une des dépendances. Ce monsieur « je-sais-tout » commençait à l'agacer. Finalement, rien ne l'obligeait à rester. Elle pouvait très bien repartir avant d'être trop installée.

Ils entrèrent dans une toute petite étable, bien fermée et très chaude. Et Jennifer oublia brusquement toute sa contrariété.

Ken, assis dans la paille, donnait le biberon au veau, lequel tirait sur la tétine avec une vigueur étonnante.

— J'ai du mal à croire que c'est le même qu'hier, dit-elle, ravie. Il paraît tellement fort...

Gary avait la mine épanouie et fière d'un père contemplant son premier rejeton.

— C'est cela qui est fantastique, dit-il d'une voix que l'émotion rendait rauque. Parfois, on peut rester toute la nuit à se débattre pour les sauver, et rien n'y fait. Mais quand on y arrive, on vit une expérience inoubliable. Pas vrai, Ken?

L'aide sourit, et caressa le museau de l'animal.

— Jamais rien connu de tel, acquiesça-t-il.

Le veau termina bruyamment son biberon puis se tourna vers Jennifer. Elle s'accroupit pour le caresser à son tour, éclatant de rire quand il la poussa dans la paille d'un coup de museau.

Gary s'agenouilla et doucement, le visage sérieux, palpa le veau comme un médecin examine un patient. Satisfait, il prit la tête de l'animal entre ses mains et posa son nez sur le sien. Il resta ainsi quelques secondes, les yeux fermés, et Jennifer combattit une furieuse envie de glisser les doigts dans ses cheveux blonds.

Il avait l'air si jeune, si vulnérable, ainsi ! Et en même temps si fort, comme s'il détenait quelque sagesse ancienne lui permettant d'aimer tout ce qui l'entourait et de ne faire qu'un avec la nature.

Pourrait-il un jour lui communiquer son secret ?

A l'instant même où il rouvrit les yeux et lui sourit, Jennifer sut qu'elle ne quitterait pas le ranch.

# 4.

Les aides avaient déjà fini de déjeuner quand Gary et Jennifer entrèrent dans la cuisine.

— Désolé d'être en retard, Nell ! lança Gary. Il reste encore quelque chose pour nous ?

Nell secoua la tête et prit Jennifer à témoin.

— Comme si je m'attendais à ce qu'il soit à l'heure. Il sait parfaitement que je vous ai mis votre part de côté.

— Nell, tu exagères. Il m'arrive d'être à l'heure, de temps en temps. Et de plus, Jenny a tellement faim que je ne sais pas si tu en auras gardé assez pour nous deux. Il faut qu'on l'habitue à manger plus le matin.

Jennifer s'impatienta.

— Vous allez m'embêter combien de temps encore avec cette histoire ? Si j'avais su qu'on partirait si longtemps, j'aurais emporté un sandwich, voilà tout.

Gary adressa un clin d'œil rieur à Nell.

— Elle est d'une humeur de chien depuis tout à l'heure. L'estomac dans les talons, ça ne lui réussit pas.

— Je ne suis pas...

Face au petit sourire de Gary, Jennifer s'arrêta net. Qu'était-elle en train de faire, sinon prouver qu'il avait raison ? En silence, elle s'assit à la table.

Pourquoi cette irascibilité ? Etait-ce vraiment la faim ? Elle en doutait. Non, ce serait plutôt ces sensations nouvelles qui l'avaient assaillie tout à l'heure, dans l'étable. Elle se sentait vaguement mal à l'aise, un peu comme si elle avait trouvé son appartement sens dessus dessous, mais sans pour autant qu'on lui ait volé quoi que ce fût.

Ce malaise ne l'empêcha pas de manger comme quatre. Elle fit largement honneur au bœuf en daube de Nell et à sa jardinière de légumes.

— Allez-vous enfin vous décider à me montrer le bureau, cet après-midi ? demanda-t-elle en attaquant une énorme part de clafoutis.

— Attendez que la digestion commence... vous ne pourrez pas garder les yeux ouverts. Surtout que vous vous êtes levée à 5 heures. On va faire un petit somme d'abord, et ensuite je vous emmènerai dans l'est du ranch, là où est rassemblé le bétail. Il y a encore certaines choses que je veux voir avec vous.

Comme Jennifer s'apprêtait à protester, il l'arrêta d'un signe apaisant de la main.

— Ne vous inquiétez donc pas. Vous les aurez, vos livres de comptes. Mais rien ne presse. Venez, on va s'allonger dans le salon.

— Si je dors maintenant, je vais être groggy tout l'après-midi. Allez-y, je vais lire en vous attendant.

Gary eut une fois de plus ce « tss tss » agaçant.

— C'est toute une éducation à refaire... Je vous garantis que vous vous sentirez cent fois mieux si vous dormez une petite heure.

Sur le point d'argumenter, Jennifer songea qu'après tout, rien ne l'empêchait de s'allonger dans le salon comme il le lui proposait et de lire au lieu de s'assoupir.

Devant son apparente docilité, Gary la prit par le cou pour l'entraîner. Mais brusquement, il se reprit et se donna une tape sur la main.

— Oh, bon sang, j'avais oublié !

— Je ne suis pas la seule dont l'éducation est à revoir, dit-elle.

Elle commençait à regretter de lui avoir reproché sa trop grande familiarité. La situation finissait par tourner au ridicule, et à son désavantage à elle...

Quelque peu crispée, elle saisit un magazine dans l'étagère et s'assit sur le bord du canapé. Gary, gentiment, le lui prit des mains.

— Non, non. Allongez-vous, comme je vous l'ai dit, et fermez les yeux.

— Non, là ! Je ne veux pas dormir. Rendez-moi mon journal !

Tranquillement, il jeta le magazine derrière lui, par-dessus son épaule.

— Vous êtes infernal, à la fin ! tempêta-t-elle. Je ne suis pas une gamine, Gary ! Alors ou vous me laissez mener ma vie comme je l'entends, ou vous vous cherchez tout de suite une autre comptable !

— Jenny...

Sans paraître affecté le moins du monde par la colère de la jeune femme, Gary lui prit les poignets et s'accroupit devant elle.

— Personne ne veut vous forcer à quoi que ce soit. J'essaie simplement de vous aider à vous ajuster à votre nouvelle existence. Je sais pertinemment que vous ne tiendrez pas les yeux ouverts cet après-midi, si vous ne vous reposez pas maintenant.

Jennifer ne bougeait plus. Peu à peu, les mains de Gary avaient relâché ses poignets et s'étaient posées sur ses épaules. Ils étaient très proches l'un de l'autre, et elle avait la sensation que sa voix grave la berçait. Elle avait en tout cas un effet lénifiant sur ses nerfs, car sa colère s'était dissipée.

Il sourit, et ses yeux s'étoilèrent de petites rides qu'avaient creusées les longues heures passées au grand air et au soleil.

— Vous m'en voulez toujours?

Sans réfléchir, Jennifer glissa les doigts dans la mèche qui retombait sur le front de Gary. Elle ne se souvenait même plus de la raison pour laquelle elle avait pu s'emporter contre lui. Comme le visage de son compagnon redevenait sérieux, elle plongea dans son regard bleu comme les mers du sud. Son sang battait à ses tempes, égrenant les secondes d'un moment suspendu dans le temps.

Avec une tendresse indicible, les lèvres de Gary effleurèrent les siennes. Elle ferma les yeux, surprise par le flot de sensations qui courut le long de ses veines. Avec une véritable avidité, elle répondit à ce baiser, comme si sa vie tout entière n'avait été que la longue attente de cet instant.

Un long gémissement s'échappa de la gorge de Gary qui s'écarta d'elle en encadrant de ses mains le beau visage ému de la jeune femme.

— Non, murmura-t-il. Je suppose que vous ne m'en voulez plus.

Cette fois-ci, elle se laissa faire quand il la poussa avec délicatesse sur le canapé et la recouvrit d'une couverture afghane.

— Il est l'heure de la sieste, maintenant. A tout à l'heure, ma Jenny.

Jennifer, les mains croisées sur le ventre, dans une immobilité parfaite, fixait les poutres du plafond.

Ce n'était pas possible. Elle devait rêver. La Jennifer Tarkinton qu'elle connaissait depuis vingt-huit ans n'aurait jamais laissé un étranger l'embrasser ainsi, sans un mot de protestation. Elle ne serait pas là, avec l'impression de flotter sur un nuage. Il avait dû droguer le café, il n'y avait pas d'autre solution ; elle avait bu à son insu quelque philtre magique qui lui avait ouvert les portes d'un univers paradisiaque.

A deux mètres d'elle, Gary soupira d'aise sur son divan, de l'autre côté de la table basse. Elle tourna la tête vers lui.

— Dormez, dit-il.

Eh non, elle ne rêvait pas. Gary était bien là, à lui donner des ordres, unc fois de plus.

— Si je veux ! rétorqua-t-elle, histoire d'avoir le dernier mot.

Et elle sombra aussitôt dans un profond sommeil.

Bientôt, elle chevauchait auprès de Gary. Le vent s'engouffrait dans leurs cheveux, mais un vent tiède et doux. Gary lui expliquait les mystères de la nature, lui racontait les elfes et les nains qui vivent près des fontaines... Mais quand elle se retourna pour lui parler, elle s'aperçut soudain que ce n'était plus lui. Ses cheveux étaient noirs, et il portait un costume. Alan Bailey ! Il se rapprocha d'elle, les yeux durs et cruels. L'obligeant à descendre de cheval, il pressa ses lèvres froides contre les siennes et commença à déchirer ses vêtements.

— Non! Non, pas ça! hurla-t-elle.

Son cri la réveilla, et elle se dressa sur le canapé, hébétée par ce cauchemar.

Immédiatement, Gary fut auprès d'elle.

— Jenny, que se passe-t-il?

— Rien, je... j'ai fait un mauvais rêve, c'est tout.

— Vous voulez en parler?

— Non!

Du doigt, Gary la força à tourner son visage vers lui. Devant sa réticence, il posa les mains sur ses épaules pour masser ses muscles tendus.

— Chht..., fit-il. Détendez-vous. Un homme vous a agressée, n'est-ce pas? N'ayez pas peur de vous confier à moi. Je ne vais pas vous mépriser pour autant, et cela pourrait vous soulager.

Sa voix chaude exprimait une affection si sincère que Jennifer sentit les larmes lui monter aux yeux.

— Pauvre petit amour, dit-il en l'attirant contre lui.

Cette fois, ce fut trop. Elle éclata en sanglots et s'agrippa au col de sa chemise.

— C'est idiot, balbutia-t-elle. Je n'ai même pas été vraiment agressée. Il m'a...

Elle renifla et accepta le mouchoir encore plié en quatre qu'il lui tendait.

— Il m'a seulement giflée et... insultée. Je ne sais pas pourquoi cela me tourmente autant.

— Peut-être parce que vous ne le connaissiez pas sous cet aspect, suggéra Gary.

— Sans doute. Je n'aurais jamais pensé qu'il puisse être brutal. Mais il avait trop bu et...

— Je comprends. Il est parfois très difficile de se rendre compte qu'on s'est trompé. Croyez-moi, je ne parle pas à la légère. Mais le temps aide à oublier, heureusement.

Du bout du doigt, il essuya la joue humide de la jeune femme.

— Je ne vous ferai jamais de mal, Jenny. J'espère que ce n'est pas mon baiser qui a provoqué votre rêve. Je vous rappelle peut-être ce...

— Sûrement pas! le coupa-t-elle. Encore heureux! Vous ne parlez pas comme lui, vous ne vous comportez pas comme lui, vous ne...

Elle s'arrêta net. Un peu plus, et elle lui disait qu'il n'embrassait pas comme lui!

Gary inclina la tête et l'étudia avec curiosité, une lueur amusée dans les yeux.

— Continuez, Jenny. Dites-moi... Sinon, je passerai la journée entière à essayer de deviner.

— Oh, Gary, ne faites pas l'enfant.

Ses joues soudain brûlantes trahissaient son embarras.

— Allez, Jenny, insista-t-il. Je ne mange pas comme lui? Je ne marche pas comme lui?

Devant les lèvres pincées de Jennifer, il éclata de rire.

— Je ne m'habille pas comme lui? Je ne me mouche pas comme lui? Oh, Jenny, ne soyez pas aussi cruelle. Répondez-moi avant que je ne devienne fou.

— Mais vous l'êtes déjà! dit-elle, sentant un rire irrépressible la gagner.

Ses épaules se secouèrent et ses yeux s'embuèrent de nouveau de larmes, mais pour une tout autre raison, cette fois.

— Gary, vous êtes vraiment impossible !

Ce n'était certes pas avec Alan qu'elle aurait eu un tel fou rire. Pour tout dire, même en fouillant sa mémoire, elle n'avait pas le moindre souvenir de s'être jamais amusée avec lui. Un vrai bonnet de nuit !

— Je peux vous jurer que vous ne lui ressemblez absolument en rien.

— Je crois que je vais prendre cela comme un compliment. Vous voulez bien me dire, maintenant ?

Elle soupira.

— Vous n'embrassez pas comme lui, là.

— Ah ! Et alors ? Qu'est-ce que cela signifie ? Que c'est bien ?

« Comme s'il ne le savait pas », songea-t-elle. Elle soutint son regard. Mais curieusement, elle crut y lire une vague incertitude. Etait-il possible qu'il ait besoin d'être rassuré ? Il lui serait facile de le faire, bien sûr — un mot suffirait. Mais ne risquait-il pas de profiter d'un tel aveu pour exiger davantage d'elle ?

Hésitante, elle baissa les yeux.

— O.K., dit-il, contrarié. Vous n'êtes pas obligée de répondre.

Sa déception si évidente eut raison des hésitations de Jennifer.

— Je trouvais simplement cette question superflue. Naturellement, que c'était bien ! Et vous le savez. Bon, à présent, je préférerais changer de sujet. Celui-là me rend nerveuse. Vous ne vouliez pas m'emmener voir le bétail ?

— Si. Et on ferait même mieux de se mettre en route sans tarder.

Elle fut soulagée de constater que Gary ne prenait pas la direction des écuries. Il la conduisit en effet vers un énorme hangar servant à la fois de grange à foin et de garage.

— Il y a trente véhicules au ranch, l'informa-t-il. Avant, on en remplaçait la moitié tous les ans, mais cette année, il faudra les garder. Les profits n'ont pas été brillants, l'an dernier. Je devais aussi acheter un autre camion pour le transport du bétail, mais là encore, cela devra attendre.

Gary lui ouvrit la portière d'une camionnette relativement neuve.

— Vous m'emmenez très loin d'ici? demanda-t-elle alors qu'ils roulaient depuis une dizaine de minutes.

— Environ quarante kilomètres par la route. Même pas vingt à cheval.

— Quelqu'un vit là-bas?

— Oui. Jacob et Carrie Johnson, avec leurs cinq enfants. Jacob est vétérinaire et il s'occupe aussi de toutes les génisses que nous regroupons à cette époque dans la vallée pour qu'elles mettent bas. Je suis sûr que les Johnson vous plairont. Ce sont des gens adorables.

De la main, il indiqua une maison d'un étage qu'on apercevait tapie entre les pins.

— Mon frère, Forrest, habite là-bas avec mon père. Il était censé devenir le vétérinaire du ranch, mais les études l'ont effrayé. Désormais, il est chargé de la vente de nos bêtes. Ça lui permet de se donner l'air important et de mettre ses beaux costumes.

Jennifer regarda le profil régulier de Gary.

C'était la seconde fois qu'il évoquait son frère, et dans des termes peu flatteurs. Aucune animosité, toutefois, dans ses propos. Un simple constat d'échec.

— C'est une partie essentielle de l'entreprise, j'imagine, hasarda-t-elle. Il ne s'en acquitte pas correctement ?

— Oh, je suppose que si... Encore qu'on aurait tout à gagner s'il nous décrochait davantage de contrats commerciaux réguliers, plutôt que ces ventes aux enchères.

— Et vous ? Vous ne vous occupez pas du tout de cet aspect du ranch ?

— La vente ? Non. D'abord, je n'ai pas le temps, et ensuite, je n'aime pas cela. En outre, je suis loin d'avoir le charme de Forrest. C'est utile, pour le commerce.

— D'après ce que j'ai entendu dire de lui jusqu'à présent, je ne vois pas où réside son charme. Clarence m'a dit que c'était un coureur de jupons et que sa femme l'avait quitté pour cette raison.

— Oui, mais attendez de le voir pour juger. Vous changerez sûrement de ton. Il en a séduit plus d'une, avec ses costumes d'alpaga, sa belle voiture, ses manières raffinées... Il sait même choisir les vins pour la viande ou le poisson.

— Un autre Alan Bailey, si je comprends bien. Je sens que je suis déjà allergique.

— Alan Bailey. C'est donc ainsi qu'il s'appelle ?

Il sourit et posa brièvement la main sur la sienne d'un geste rassurant.

— N'ayez pas peur, Forrest ne vous embêtera pas. J'y veillerai. Et pour autant que je sache, il n'est pas du genre à lever la main sur une femme. Tanya, son épouse, me l'aurait dit. C'est une brave fille. D'ailleurs, c'est à elle que je pensais, pour être votre assistante. Elle a de solides notions de comptabilité ; elle pourra vous aider, d'autant qu'elle a déjà travaillé avec McDonald.

— J'ai l'impression que je vais avoir besoin de toute l'aide qu'on peut m'offrir. Il va déjà me falloir un temps fou pour m'habituer à tous les nouveaux termes...

— Aussi longtemps que pour vous habituer à moi ?

— Dieu du ciel ! J'espère bien que non !

Gary se mit à rire, ravi.

Durant le reste du trajet, il lui expliqua le système d'élevage qu'il pratiquait et lui parla des différentes races de bétail, des réparations des barrières, du travail des employés.

Chez les Johnson, qui leur réservèrent un accueil chaleureux, elle visita les immenses étables où les génisses venaient vêler et où elles restaient quelques jours avec leurs petits avant de rejoindre le reste du troupeau. Sur sa suggestion, Gary lui promit de revenir un jour avec elle pour assister à une naissance.

— Parlez-moi de votre vie à Chicago, demanda-t-il au retour. Dans votre lettre de candidature, vous avez précisé que vous souhaitiez changer de décor. Est-ce à cause de cet Alan ?

— En partie, mais pas seulement.

Elle lui raconta ses démêlés familiaux, et ses vains efforts dans le rôle de pacificatrice.

— Je croyais que c'était particulier à notre petit

clan, mais j'ai l'impression que ce n'est pas non plus le grand amour, entre vous et votre frère. Pourquoi faut-il qu'il y ait toujours la zizanie dans les familles ?

Gary haussa les épaules.

— Aucune idée. Forrest et moi nous entendions plutôt bien, quand on était gosses. Et puis on s'est inscrits au rodéo du collège. Je l'ai battu dans toutes les épreuves, et même dans les résultats scolaires. Je crois bien que c'est depuis ce temps-là qu'il m'en veut. Et pour se venger, il s'arrange pour que j'aie l'air d'un rustre mal dégrossi en face de lui. Mais je m'en moque. Cela me plaît, à moi, d'être un rustre.

— Un rustre qui joue du Chopin presque comme un professionnel ? le taquina-t-elle. Ce n'est pas très compatible.

Gary eut une moue désabusée.

— Ma mère était professeur de musique et nous a appris à jouer, à tous les deux, mais Forrest détestait les gammes. La seule chose dont il aimait jouer, c'était du fouet. Il espérait sans doute s'en servir contre moi un jour...

La maison apparut au bout de son allée de pins.

— Pour être honnête, j'ai pris les devants, avec vous, poursuivit Gary. Je voulais que vous ayez le temps de vous forger une opinion de moi avant de le rencontrer. Il aurait bien été capable de me faire passer pour l'idiot de la famille. Alors, je lui ai dit que vous n'arriviez qu'aujourd'hui, au lieu d'hier.

Content de lui, il arbora un large sourire.

— Evidemment, vous êtes peut-être parvenue à la même conclusion sans l'aide de Forrest...

— Pas de danger. Forrest risque donc d'être là ce soir?

— Je suis prêt à parier tout ce que je possède qu'il sera déjà là à notre retour. Il va se précipiter ventre à terre. Tenez... Qu'est-ce que vous disais! Sa voiture est là.

Jennifer avisa la Mercedes flambant neuve gris métallisé garée dans la cour, et fronça le nez, dégoûtée.

— La même que celle d'Alan.

— Il l'a achetée le mois dernier. Comptant. Il paraîtrait qu'il a gagné le gros lot à Las Vegas.

Elle n'eut pas le temps de lui poser de questions, mais l'ironie de son ton en disait déjà long sur les doutes qu'il nourrissait à ce propos. Forrest aurait-il une source de revenus cachée? En tout état de cause, il semblait pour le moins curieux qu'il se pavane en voiture de luxe alors que Gary peinait pour remplacer ses camions.

Forrest n'était pas dans la cuisine. Il n'aimait probablement pas se mêler aux conversations des aides, trop grossières pour lui, songea Jennifer.

— Hé, Forrest! cria Gary. Où te caches-tu?

L'interpellé apparut sur le seuil de la pièce, un verre de vin à la main.

— Ici, petit frère. Inutile de hurler dans toute la maison.

Ses yeux se fixèrent aussitôt sur Jennifer et un lent sourire se dessina sur ses lèvres.

— Ainsi, voici cette ravissante jeune fille dont on m'a tant parlé depuis mon arrivée...

Il tendit la main vers elle.

— Miss Tarkinton, je présume?

Jennifer en resta un instant sans voix.

Si Gary était séduisant, le charme de Forrest était réellement ensorcelant…

# 5.

Jennifer sentait sur elle le regard de Gary. Il guettait, cherchant à deviner si elle aussi tomberait comme tant d'autres sous le charme de son frère.

« Certainement pas », songea-t-elle en se ressaisissant. Elle se redressa et arbora un petit sourire distant en serrant la main de Forrest.

— Enchantée, monsieur Quinn. Gary m'a également beaucoup parlé de vous.

— En mal, je suppose. Mon cher frère ne supporte pas l'idée que je puisse faire quelque chose de bien. Et surtout de mieux que lui.

— Vous vous trompez, répondit-elle.

Sa longue expérience au sein de la discorde familiale lui avait enseigné l'art et la manière de désarmer toute dispute en puissance.

— J'ai cru comprendre au contraire que vous étiez un vendeur émérite et que votre charme vous ouvrait pratiquement toutes les portes.

Forrest fronça les sourcils.

— Il vous a dit cela?

Gary semblait énormément s'amuser.

— Tu ne voudrais tout de même pas insinuer que Jenny puisse mentir?

— Non, bien sûr, répondit Forrest. Enfin, j'imagine qu'il y a une première fois pour tout... Mais je reste convaincu qu'il ne vous a pas dit que ça.

— C'est tout ce dont je me souviens, en tout cas.

Du coin de l'œil, elle aperçut Gary qui se retenait pour ne pas éclater de rire.

— Tu devras te lever de bonne heure pour avoir le dernier mot avec Jennifer, Forrest.

— C'est ce que je vois, en effet.

— Le dîner est prêt! lança Nell. Forrest? Je mets un couvert de plus?

Il hésita puis, calmement, leva les yeux vers Jennifer.

— Merci, Nell, je veux bien. Jenny, pourquoi ne vous asseyez-vous pas à côté de moi? Je suis curieux de savoir ce que Gary vous a dit de moi depuis hier. Savez-vous qu'il m'a délibérément induit en erreur en me faisant croire que vous n'arriviez qu'aujourd'hui? Il ne voulait pas que vous puissiez vous forger votre propre opinion en nous rencontrant ensemble...

Jennifer affecta un air innocent en s'asseyant sur la chaise qu'il venait de tirer pour elle.

— En êtes-vous certain? Il s'est peut-être tout simplement trompé de jour.

— Oh non, je connais mon frère, vous savez.

Il se tourna vers Gary, assis en bout de table.

— Tu sais, si tu avais un tant soit peu de panache, tu ne craindrais pas tant que je te fasse de l'ombre. Je suis d'ailleurs surpris que tu n'aies pris qu'un jour d'avance. Tu aurais aussi bien pu me dire que Jennifer ne serait là que la semaine prochaine. Cela t'aurait permis de faire ta parade d'amour en toute tranquillité.

Gary secoua la tête.

— Jenny, expliquez donc à ce type qu'il prend ses désirs pour des réalités. Il lui plaît de croire que j'ai peur de lui, devant une femme. Franchement, Jenny, ai-je essayé de vous séduire, aujourd'hui ?

Jennifer serra les dents ; son regard passa alternativement de l'un à l'autre des deux frères. S'ils s'imaginaient qu'elle accepterait sans broncher d'être l'enjeu de leur compétition, ils se trompaient lourdement.

— Bien sûr que oui, Gary, répondit-elle.

Le sourire de Gary s'effaça brusquement. Forrest, quant à lui, ne triompha pas longtemps. Car aussitôt, Jennifer contre-attaqua.

— Et je suis persuadée que vous auriez fait la même chose si l'occasion s'était présentée, Forrest. Maintenant, écoutez-moi bien, vous deux. Je suis ici en qualité de comptable, et certainement pas comme un trophée éventuel à mettre sur votre tableau de chasse. Vous êtes déjà marié, Forrest. Quant à vous, Gary, vous êtes mon employeur. Vous pouvez donc oublier l'un et l'autre tout projet en ce qui me concerne. De plus...

Elle prit une inspiration.

— ... toute ma vie j'ai subi les querelles de mes parents. Si je suis ici, c'est précisément pour fuir ce climat d'agressivité permanente. Alors si vous n'êtes pas capable de taire vos différends en ma présence, je... je m'en vais !

Un murmure d'approbation courut parmi la tablée.

Forrest fut le premier à réagir.

— Je vous présente mes excuses, Jennifer.

Elle le remercia d'un bref hochement de tête puis se tourna vers Gary. Et son cœur chavira dans sa poitrine... Il avait l'air à la fois furieux, et terriblement malheureux. Sans doute considérait-il son attitude comme une trahison. Dans son esprit, elle avait succombé au charme de l'ennemi.

Devant son silence buté, elle détourna le regard, soudain déprimée. Elle ne voulait pas le blesser, bien sûr. Pas lui. Mais, d'un autre côté, elle doutait que Forrest fût aussi noir qu'il le lui avait dépeint. Chacun à sa manière se montrait d'une susceptibilité exacerbée quant à sa différence avec l'autre. Si seulement elle pouvait les convaincre de s'accepter pour ce qu'ils étaient. Mais elle avait déjà échoué, avec ses parents...

Jennifer baissa les yeux vers l'assiette que Nell venait de poser devant elle. Elle avait perdu tout appétit.

— Excusez-moi, dit-elle en se levant. Je n'ai plus faim.

Alors qu'elle gravissait les marches, elle reconnut la voix bourrue de Clarence :

— Voilà. Vous pouvez être fiers de vous, tous les deux. Vous avez tout gâché, avec vos chamailleries imbéciles ! Cette pauvre petite est toute triste, maintenant.

De retour dans sa chambre, Jennifer alluma la télévision et essaya de s'étourdir avec une émission de variétés. Mais elle éteignit au bout de quelques minutes. Même les pitreries du comique de service ne parvenaient pas à la distraire.

L'expression misérable de Gary la hantait. Elle aurait mieux fait de prétexter une migraine et de quitter la cuisine sans un mot dès que le ton avait commencé à monter.

Elle ouvrit la fenêtre et s'avança sur le balcon. Un semis d'étoiles scintillait dans le ciel étonnamment pur. La clarté de la lune rendait la neige luminescente. Tout était si calme, si paisible... Comment pouvait-on se quereller dans un tel décor?

Sur le point de rentrer, elle aperçut une silhouette dans l'ombre, à quelques mètres d'elle. Gary était accoudé à la rambarde, le regard perdu sur la lointaine vallée.

Le cœur serré, elle s'approcha de lui. Il l'ignora.

— C'est une belle nuit, murmura-t-elle.

— Pas particulièrement, répondit-il sans même se tourner vers elle.

La gorge de Jennifer se serra. Pourtant, elle se força à parler. Il lui semblait essentiel que Gary comprenne sa position...

— Gary, je me rends bien compte que mes propos ont pu paraître équivoques. Mais je ne vous ai pas laissé tomber, je...

— N'insistez pas, la coupa-t-il. Je sais très bien ce que vous pensez.

— C'est faux! Et je n'ai pas plus pris le parti de Forrest que le vôtre! Si je n'ai...

— Je vous ai dit de ne pas insister!

Sa voix tout autant que son regard la firent tressaillir.

— J'ai été un idiot de croire que cela aurait pu se passer autrement.

— Oh, pour l'amour du ciel, Gary, ne jouez pas les martyrs! J'ai l'impression d'entendre ma mère!

— Si je me souviens bien, c'est pour la fuir, ainsi que votre père, que vous êtes venue ici. Vous avez l'intention de repartir, maintenant?

Elle secoua la tête et enroula les bras autour de son corps. Elle frissonnait.

— Non, à moins que vous ne le souhaitiez.

Il ne répondit pas.

— Gary? Voulez-vous que... que je parte?

Son expression demeurait insondable, dans l'obscurité.

— Non, dit-il enfin. J'ai besoin d'une bonne comptable. Nous verrons dès demain si vous êtes à la hauteur de la tâche. Mais avant tout, Forrest m'a transmis le message de mon père. Il veut vous rencontrer. Nous irons le voir à la première heure. Mettez une jupe. Mon père a des idées d'un autre temps; il déteste les femmes en jean.

— Oh là là! Qu'est-ce que ça vous va bien, les jupes! s'exclama Pam.

Jennifer sourit.

— Je dois aller chez Matt Quinn avec Gary.

— Matt est un vieux grincheux, mais il est drôle. Il arrive à imiter presque tous les animaux de la ferme.

Elle redevint soudain sérieuse et baissa la voix.

— Gary est toujours fâché contre vous?

— Je ne sais pas. Je ne l'ai pas encore vu, ce matin. Je l'ai juste entendu qui jouait du piano. Il t'a dit quelque chose?

— Non, mais c'est facile à voir. Il a l'air sur le point d'exploser, mais il ne dit rien. Enfin, à moi, en tout cas. Parce qu'il a déjà crié après Clarence, tout à l'heure. Mais je ne crois pas qu'il criera après vous non plus. En tout cas, il ne s'est pas privé avec Forrest, hier soir. Ils sont allés dehors, mais j'ai tout compris quand même. Ils parlaient de vous.

— Il est peut-être préférable que tu le gardes pour toi.

Mais Pam ignora la suggestion de Jennifer.

— Gary accusait Forrest d'avoir tout fichu en l'air, pour lui, et il ne voulait pas qu'il revienne. Forrest a répondu que justement si, il reviendrait, parce que vous étiez quelqu'un d'intelligent avec qui on pouvait discuter. Alors Gary lui a juré qu'il sortirait son fusil, s'il remettait les pieds ici. Et Forrest l'a traité de... enfin, d'un mot que je n'ai pas le droit de répéter, et il a promis qu'il viendrait armé, lui aussi.

Les yeux de Jennifer s'étaient écarquillés d'horreur tandis qu'elle écoutait le récit de la fillette.

— Mais Pam, c'est épouvantable ! Je ferais sans doute mieux de retourner à Chicago avant qu'il n'y ait un vrai carnage.

— Mais non. Il ne faut pas avoir peur. Ils disent toujours des trucs comme ça, mais ils ne se sont jamais battus pour de bon. Ils font comme si on vivait encore en plein western. De toute façon, vous ne pouvez pas partir, parce que... Oh, je l'entends qui descend.

— Parce que quoi, Pam ?

— Parce qu'il est amoureux de vous ! chuchota-t-elle à son oreille.

Elle pouffa derrière sa serviette devant l'expression ahurie de Jennifer, puis arbora un air innocent.

— Bonjour, Gary. Tu jouais très bien, ce matin.

Il lui décocha un coup d'œil peu amène.

— Depuis quand es-tu critique musical, toi?

Une fois assis, il déplia sa serviette et se tourna vers Jennifer.

— Vous êtes très élégante, aujourd'hui.

— Merci, vous aussi, répondit-elle sur le même ton de politesse impersonnelle.

Malgré sa déception — accrue par le bref espoir qu'avait allumé en elle la confidence de Pam — elle remarqua le costume beige, style western, et la chemise blanche fermée au col par un cordon et une médaille en argent incrustée de turquoise, accoutrement typique du cow-boy en grande tenue.

Il ne paraissait pas particulièrement en colère, mais son comportement était plutôt déroutant par ce côté guindé qu'il affectait. Elle en vint à souhaiter qu'il la réprimande sur son frugal petit déjeuner, mais il s'abstint de toute remarque à ce sujet.

Elle n'était pas au bout de ses surprises. Une fois dehors, il l'entraîna vers un garage à part, et l'invita à monter dans une vieille Thunderbird admirablement entretenue.

— Je tenais à ce que notre moyen de transport s'accorde avec votre tenue.

— Elle est magnifique! s'exclama-t-elle avec sincérité. J'ai toujours voulu monter dans une de ces voitures.

— Je suis heureux qu'elle vous plaise. La rénovation de modèles anciens est mon passe-temps favori. Je possède également une Cadillac de 1937.

L'enthousiasme de Jennifer ne tarda pas à faiblir, comme un ballon qui se dégonfle. Elle hésita.

Devait-elle le supplier de couper court immédiatement à cette comédie ridicule ? Non. Elle attendrait encore un peu. Il ne pouvait guère maintenir cette rigidité bien longtemps.

Le trajet se déroula dans un silence pesant que Gary rompit uniquement pour pester contre la neige qui, en fondant, devenait boueuse et salissait sa voiture.

Arrivé devant la maison dont les murs de rondins évoquaient vaguement un chalet suisse, il contourna le long capot pour venir lui ouvrir la portière.

— J'espère que vous ne vous offusquerez pas du franc-parler de mon père. Il a une fâcheuse tendance à appeler un chat un chat.

Une femme d'une quarantaine d'années vint à leur rencontre.

— Bonjour, madame Young. Mon père est-il prêt à nous recevoir, miss Tarkinton et moi ?

La gouvernante fronça les sourcils et observa Gary avec une sorte de curiosité amusée, puis se tourna vers Jennifer.

— Ravie de vous connaître, miss Tarkinton. Bien sûr qu'il est prêt, Gary ! Allez-y. Je vous apporterai le café dans deux minutes.

Gary précéda Jennifer dans une pièce spacieuse, sans doute l'ancien salon, où un lit avait été installé près de la fenêtre. Un feu brûlait dans la cheminée.

Avant que Gary n'ait pu ouvrir la bouche pour s'acquitter des présentations, le vieillard au visage émacié couché sous ses couvertures tonna d'une voix étonnante de vigueur :

— Où comptes-tu aller, accoutré comme ça,

Gary? A mon enterrement? Je ne suis pas encore mort, tu sais!

L'accueil était si inattendu que Jennifer se mit à rire. Gary paraissait mal à l'aise, mais son père afficha un sourire ravi.

— Regardez-moi la ravissante petite poulette que mon dandy de fils m'amène là! Venez m'embrasser, ma fille, il y a bien longtemps que je n'ai plus droit à ce genre de faveur.

— Vous devriez peut-être mettre votre lit dans un endroit plus passant, suggéra-t-elle en effleurant la joue parcheminée de ses lèvres. Ce n'est pas ici que vous recevrez beaucoup de baisers!

— Mais c'est qu'elle a des idées, en plus! Et où croyez-vous que je devrais m'installer?

— Un grand magasin, peut-être? Ou un bureau de poste?

Matt Quinn hurla de rire et tapota la main de Jennifer entre les siennes.

— Elle est bonne, celle-là. Très bonne. Alors comme ça, vous êtes notre nouvelle comptable, Jennifer — Jenny. Expliquez-moi donc comment une jolie fille comme vous peut s'intéresser à quelque chose d'aussi empoisonnant.

Sur l'invitation de Matt, Jennifer s'assit sur le bord du lit et discuta avec lui. De son travail, puis du ranch. Une demi-heure plus tard, elle avait la sensation de parler à un ami de longue date.

Gary, assis dans un fauteuil, se contentait de répondre lorsque son père lui adressait la parole. Finalement, Matt s'en étonna.

— Qu'est-ce qui t'arrive, fiston? Tu as perdu ta langue, aujourd'hui?

Le « fiston » reposa sa tasse dans sa soucoupe avec la délicatesse d'une vieille lady anglaise. C'est tout juste s'il n'avait pas le petit doigt en l'air.

— Non. Je trouve simplement que vous n'avez nul besoin de moi pour mener cette conversation.

Matt le considéra avec une perplexité qui n'était pas sans rappeler celle de la gouvernante.

— Bon, bah... puisque que tu es muet, je vais en profiter pour te donner un bon conseil : épouse Jenny le plus vite possible. C'est la fille qu'il te faut, crois-moi.

Gary faillit en renverser son café.

— Je pense que c'est un peu prématuré, père. Elle est arrivée il y a deux jours.

— Fariboles ! Soit on a le coup de foudre, soit on ne l'a pas. N'est-ce pas, Jenny ?

Jennifer toussota, consciente du regard de Gary fixé sur elle.

— Euh, je... je suppose que cela peut être vrai dans certains cas, mais je ne pense pas qu'il faille en faire une généralité.

— Oui, eh bien, arrangez-vous pour que ça marche, cette fois. Vous avez besoin d'un mari, et lui d'une femme. Il n'y a pas de temps à perdre. Je veux assister au mariage.

Jennifer lança un appel au secours silencieux vers Gary. Pour la première fois de la journée, il paraissait s'amuser.

— J'y réfléchirai, dit-il.

— Ne prends pas trop longtemps. Sinon, je pourrais bien l'épouser moi-même. Qu'en dites-vous, Jenny ?

— Attention, Matt, je serais bien capable de vous prendre au mot !

Le rire de Matt les suivit tandis qu'ils remontaient le couloir.

— Vous avez manifestement fait une très bonne impression sur mon père, dit Gary en lui ouvrant la portière de la voiture.

— La réciproque est vraie aussi. De quoi souffre-t-il, Gary? Est-ce le cœur?

— Oui. Il a eu un infarctus, il y a deux mois. Depuis, il est au repos absolu. Mais je crains qu'il n'en ait plus pour très longtemps.

Jennifer sentit sa gorge se nouer et regarda la maison s'éloigner tandis qu'ils reprenaient la route.

Gary ne se changea pas pour déjeuner, et attendit qu'elle redescende de sa chambre, en jean et chemise de lainage écossais, pour lui tirer cérémonieusement sa chaise. Dieu qu'il l'agaçait avec son air solennel!

Pendant le repas, il parcourut la section financière du journal, pendant qu'elle caressait l'idée d'envoyer son bol de haricots rouges sur le beau costume clair de son compagnon. Ce serait ravissant.

Gary surprit son sourire et l'interrogea du regard.

— Je me demandais si vous me montreriez le bureau, aujourd'hui, improvisa-t-elle.

Il l'y emmena aussitôt après le café. Arrivé devant la porte, il lui tendit la clé.

— Votre domaine, ironisa-t-il.

Jennifer ouvrit la porte. Après deux pas dans la pièce, elle s'arrêta net.

— Mon Dieu, mais... que s'est-il passé, ici? Vous avez eu un ouragan, ou quoi?

# 6.

Jennifer eut la sensation très nette que Gary allait encore une fois éclater de son rire explosif. Mais il se retint héroïquement.

— Ce n'est pas très ordonné, j'en conviens, dit-il.

— Vous aviez dû engager un chimpanzé pour faire votre comptabilité !

Les deux bureaux de la pièce disparaissaient sous un amoncellement de paperasses, comme si des corbeilles à papier y avaient été déversées. Des dossiers entassés empêchaient les tiroirs de se fermer. Seule la table entre les deux fenêtres, supportant l'ordinateur, était raisonnablement rangée.

— McDonald n'y est pour rien. C'est moi qui suis venu chercher quelque chose après son départ. Et étant donné que j'étais incapable de remettre les choses à leur place, j'ai tout laissé tel quel.

— Charmant. Je comprends pourquoi vous gardiez cette pièce fermée à clé. Vous aviez sûrement peur que je m'enfuie avant même d'avoir posé mes valises, si je la voyais. Mais pourquoi est-ce que Tanya n'a pas...

— Parce que je lui ai dit de ne pas le faire. Elle

s'est contentée de rentrer différents mouvements sur l'ordinateur et de payer les factures et les salaires. Le reste...

D'un geste large, il indiqua le capharnaüm.

— ... concerne l'année passée. Vous aurez peut-être plus de chance que moi pour trouver l'anomalie.

— L'anomalie ?

— Je me demande pour quelle raison nous ne faisons pas plus de profit. J'estime que le nombre de têtes de bétail que j'expédie et le prix que j'en reçois ne concordent pas.

— Pourquoi n'avez-vous pas demandé à ce McDonald de vous expliquer ?

— Il devait le faire, mais il n'en a pas eu le temps. Sa mère est tombée malade, et il a dû partir précipitamment pour ne jamais revenir.

Jennifer hocha la tête, le regard un instant perdu sur l'indescriptible fouillis.

— Bon, eh bien je vais m'y mettre, dit-elle, résignée. Si Tanya pouvait venir le plus vite possible, cela m'arrangerait.

— Elle ne viendra peut-être que demain. Elle vit à Bozeman, et je ne suis pas sûr qu'elle soit libre aujourd'hui. Enfin, je vais essayer de la joindre, déjà.

— Elle peut s'attendre à travailler à plein temps à partir de maintenant. Une dernière chose, dit-elle alors que Gary s'apprêtait à sortir. Ne mettez jamais plus les pieds ici sans ma permission, Gary.

— Bien, m'dame.

Une fois de plus, il parut sur le point de perdre son attitude empesée. Mais il se reprit aussitôt et, après un bref hochement de tête poli, la laissa seule.

Tanya vint dans l'après-midi. C'était une jeune femme petite et frêle, avec de longs cheveux bruns et de grands yeux noisette dans un visage fin. Rien à voir avec la gravure de mode que s'était imaginée Jennifer.

— Je peux rester aussi longtemps que vous aurez besoin de moi, dit-elle avec un sourire timide. Je suis ravie de me sentir utile de nouveau.

— J'espère que vous ne déchanterez pas avec le train d'enfer auquel je vais nous mener. J'ai l'intention de mettre sur pied un autre système. Pour être honnête, celui de McDonald ne me plaît pas.

— Il n'en avait aucun. Et pour arranger le tout, il détestait les suggestions. A la plus petite remarque, il devenait vert de rage. J'ai très vite appris à me taire, avec lui.

Gary vint s'assurer que ni l'une ni l'autre n'avait besoin de rien, et il repartit après les avoir prévenues que Nell les appellerait pour dîner à 18 h 30.

Tanya fronça les sourcils.

— Qu'est-ce qu'il a ? Je ne l'ai jamais vu aussi sinistre. Son costume, ses manières rigides... C'est depuis votre arrivée qu'il est comme ça ?

— Au début, c'était un cow-boy adorable et drôle. La métamorphose a commencé ce matin. Je ne comprends pas du tout où il veut en venir, mais cela doit avoir un rapport avec...

Elle s'interrompit, embarrassée.

— Ne soyez pas gênée, la rassura Tanya. J'ai

entendu parler de la bagarre entre les deux frères. Les bruits vont vite, par ici. Les gars n'ont pas leur langue dans leur poche, surtout quand ils se retrouvent au saloon.

— En attendant, je préférais nettement l'autre Gary. Bon, et si on s'y mettait? J'ai besoin de quelques informations pour débuter, mais je n'ai pas encore osé allumer l'ordinateur. Vous pouvez me montrer comment il fonctionne?

— Bien sûr. C'est la seule chose pour laquelle j'étais indépendante. McDonald avait horreur de l'informatique, et il me fichait une paix royale avec mes comptes. Mais il ne me communiquait pas tout, et j'ai bien peur qu'il n'y ait des lacunes.

— A nous deux, on arrivera peut-être à les combler.

Ni l'une ni l'autre ne ménagèrent leurs efforts au cours de la semaine qui suivit. Gary continuait sa comédie, qui amusait de moins en moins Jennifer. Elle s'efforçait d'ailleurs de ne pas la remarquer, bien qu'il ne la jouât que pour son seul bénéfice.

Le matin, il partait dans sa tenue de cow-boy, mais sitôt rentré, le soir, il montait se changer, revenait dîner en costume et arborait un air compassé pour entretenir la conversation sur les événements du monde et les problèmes économiques du fermage.

— Heureusement que je suis occupée, je n'ai pas le temps de me sentir coupable, avoua un jour Jennifer à Tanya, après lui avoir raconté son intervention entre les deux frères.

— Gary me plaisait vraiment tel qu'il était, et a priori c'était réciproque. D'ailleurs, il sait très bien que je n'aime pas le genre sophistiqué. A moins qu'il ne cherche justement à me dégoûter de lui pour que je m'en aille...

— Non. Gary est trop spontané pour avoir recours à ce genre de manœuvre. Et je suis convaincue que vous lui plaisez aussi. Il suffit de voir comment il vous regarde dès que vous n'y faites pas attention.

Elle resta quelques secondes songeuse, puis :

— Forrest n'était pas comme maintenant, au début de notre mariage. Quand je l'ai rencontré, au collège, il ressemblait beaucoup à Gary. Il avait plein de projets en tête... Et puis, quand son père a menacé de le déshériter s'il persistait à vouloir être pianiste de jazz, il a commencé à changer. Je lui ai répété pourtant que je me moquais complètement de l'argent, mais il ne supporte pas l'idée que Gary hérite de tous les biens des Quinn. Alors, il continue à jouer un rôle qu'il exècre.

Elle secoua la tête en soupirant tristement.

— Je donnerais tout ce que je possède pour qu'il renonce à ce ranch et qu'il redevienne lui-même. C'est pour cela que je ne divorce pas. Je garde l'espoir que son désir de liberté et de musique soit plus fort que le reste, un jour. Evidemment, une fois que son père sera mort, il aura sa part du ranch, mais j'ignore ce qu'il compte en faire. Peut-être que lui et Gary auront cette explication finale que tout le monde redoute depuis des années.

— C'est ridicule! On ne peut pas les laisser s'entre-tuer sans rien faire! Il doit bien exister un moyen de les réconcilier, tous les trois.

— Matt aurait vu les choses autrement si j'avais

pu avoir un enfant. Mais j'avais des problèmes. J'ai fait une fausse couche et après...

Elle eut un geste vague.

— Forrest a été terriblement déçu. C'est à partir de ce moment-là qu'il s'est mis à sortir plus souvent et à rentrer quelquefois avec des cheveux blonds sur sa veste...

— Mmmh... Comme s'il cherchait à se prouver quelque chose, dit pensivement Jennifer avant de soupirer à son tour. Bon, reprenons. Où en étions-nous? Ah oui, les dépenses du mois d'août...

Malgré leurs efforts conjugués, elles se rendirent vite compte qu'il leur faudrait une tierce personne pour les assister. Surtout que Jennifer souhaitait établir un inventaire complet du ranch, depuis les clés à molette jusqu'aux camions, en passant par les piquets des barrières et les vis des étriers.

— Je vous enverrai Barkley, dit Gary quand elle lui en parla le lendemain matin. C'est notre homme à tout faire, et il connaît le ranch comme sa poche.

Jennifer, dans l'espoir de faire fondre la glace, lui adressa son plus chaleureux sourire.

— Merci, Gary. Je voulais aussi vous avertir que nous progressons rapidement. Et je voulais vous demander... Connaissez-vous le nombre exact de têtes de bétail expédiées chaque année? J'ai les montants que Forrest a donnés à McDonald, mais je n'ai pas de justificatifs.

Gary finit son café et s'éclaircit la gorge.

— Eh bien, on les compte quand on les parque dans les enclos, et on les recompte quand on les charge dans les camions. J'ai consigné ces chiffres sur un registre que je garde dans ma chambre. Je peux vous le descendre, si vous le souhaitez.

— S'il vous plaît.

Il revint quelques instants après et lui tendit un grand carnet où Jennifer fut soulagée de voir les informations soigneusement inscrites d'une écriture lisible. Elle s'était attendue au pire.

Gary s'était tourné vers la fenêtre.

— Belle journée, n'est-ce pas? Le printemps est bien installé, à présent. J'espère que vous profitez de cette superbe saison.

— Je n'en ai pas encore eu le temps, mais d'ici quinze jours, nous devrions y voir plus clair, Tanya et moi. Je me suis promis de longues promenades dans la nature.

Gary secoua la tête.

— Le printemps ne vous attendra pas. Demain, nous irons chez les Johnson. A cheval. Nous y passerons la soirée pour repartir au matin.

— Désolée, Gary, mais il n'en est pas question. Il y a trop de travail.

— Dans ce cas, je vais user de mes prérogatives d'employeur et vous donner l'ordre de m'accompagner. Si vous voulez conserver votre emploi, Jennifer, je vous conseille de m'obéir.

Elle le fixa avec des yeux ronds, incapable d'en croire ses oreilles.

— Mais pour qui vous...

Sa phrase resta en suspens. Quelque chose brillait dans le regard de Gary — une flamme qu'elle n'y avait pas vue depuis longtemps. Y avait-il une chance pour que, une fois seul avec elle, il explique son étrange comportement? Peut-être pourrait-elle alors le persuader de redevenir le vrai Gary — celui qui la faisait rire et qui l'embrassait avec tant de tendresse?

Malgré cela, elle refusa de se plier à ce brusque accès d'autoritarisme.

— Vous pourriez reformuler votre proposition ? dit-elle, glaciale. J'ai horreur des menaces. Persistez dans cette attitude, et ma démission sera dans votre assiette dès ce soir.

Cette fois-ci, elle fut certaine de surprendre un éclair de malice dans ses yeux.

— Sans doute ai-je été trop brutal.

Un coin de sa bouche se relevait irrépressiblement.

— J'apprécierais que vous oubliiez ma maladresse et que vous reconsidériez ma suggestion, Jennifer. Je suis certain que l'expérience sera très plaisante et qu'elle vous profitera. Vous me paraissez un peu lasse, depuis quelque temps.

Elle se retint d'esquisser une révérence. Quel langage châtié !

— Très bien, monsieur Quinn. J'accepte.

« Demain », se promit-elle. Tout se réglerait demain. Sinon, elle serait de retour à Chicago le jour suivant.

C'est dans l'après-midi qu'elle tomba sur quelque chose de curieux, dans les comptes. Peut-être était-ce cette anomalie à laquelle Gary avait fait allusion. Forrest et Gary, chacun de leur côté, indiquaient un nombre total de bêtes expédiées identique, mais le montant de la vente aux enchères ne correspondait pas. A moins que le bétail ne perde des milliers de kilos en route...

— Non, dit fermement Tanya. Ils perdent du poids, c'est certain, mais pas à ce point.

— On ferait mieux de reprendre les relevés de

banque et s'assurer qu'on n'a pas raté quelque chose. Vous pourriez peut-être vous en charger demain, pendant mon absence.

— Entendu. Pendant ce temps, j'espère que vous arriverez à décoincer Gary. Tout le monde vous en sera reconnaissant.

— C'est bien mon intention...

— Vous souvenez-vous de la façon dont on fixe la selle ? lui demanda Gary quand ils se retrouvèrent au petit matin dans l'écurie.

— Presque. Mais je préfère que vous me surveilliez tout de même.

— Naturellement, Jennifer. Je me ferai un plaisir de vous aider si vous en éprouvez le besoin.

Jennifer sentit la moutarde lui monter au nez.

— Ah non, Gary ! Non, non et non ! Quitte à perdre ma place, je refuse de partir avec vous si vous continuez à me parler sur ce ton ! « Naturellement, Jennifer », l'imita-t-elle en prenant un ton sentencieux.

Les mains sur les hanches, elle le fusilla du regard.

— C'est grotesque ! Ce costume et ces manières vous vont aussi bien que des gants de guipure à un boucher ! Qu'est-ce qui vous prend, depuis une semaine, de jouer ce rôle idiot ?

Gary se mordait les lèvres pour ne pas rire.

— Vous pensez vraiment ce que vous dites ?

— Et bien pire, même ! Si vous ne redevenez pas tout de suite le Gary que j'ai connu à mon arrivée, vous pouvez repasser une petite annonce. Je m'en vais !

— O.K., Jenny.

Jennifer faillit fondre devant son sourire chaleureux. Ce visage ouvert, elle le retrouvait avec le même plaisir qu'un soleil de printemps après de longs mois d'hiver.

— Je crois que mon message a été reçu, dit-il, prêt à seller Coal King.

— Une minute, Gary. Quel message? Vous feriez mieux de vous expliquer, sinon...

— D'accord.

Il se passa la main dans les cheveux.

— J'étais furieux que vous ayez tiré le tapis de sous mes pieds devant Forrest, ce soir-là. Alors, j'ai voulu vous prouver que moi aussi, je pouvais être ennuyeux à mourir si je le voulais. J'ai très vite compris que cela ne vous plaisait pas, mais ça m'a amusé de continuer un peu. Juste pour m'assurer que vous m'apprécieriez après pour ce que je suis. Oh, n'ayez pas l'air si furibonde, Jenny! C'était aussi bien que je prenne quelque distance avec vous, non? Je commençais à être un peu trop entreprenant — ce n'est pas vous qui allez me contredire...

— Il y avait sûrement d'autres moyens de le faire! Le soir de la dispute, vous étiez tellement aveuglé par la colère que vous n'avez même pas vu la difficulté de ma position. Vous croyez que c'était facile, pour moi, d'être coincée entre vous et Forrest? Je savais que vous étiez malheureux, et je regrettais que ce soit par ma faute, mais bon sang, Gary! Toute ma vie, j'ai été l'arbitre des démêlés familiaux, et je ne veux pas que ça recommence ici!

Elle tremblait presque. Lentement, il s'approcha d'elle et la prit dans ses bras.

— Je suis désolé, Jenny. Je me suis montré affreusement égoïste. Je n'aurais jamais dû vous mettre dans cette situation embarrassante. Vous pouvez me pardonner?

— Bien sûr, mais...

Elle leva les yeux vers lui, troublée par cette étreinte.

— Donnez-moi au moins une chance d'être l'amie de Forrest. Je ne tomberai pas amoureuse de lui, soyez tranquille! D'abord parce qu'il n'est pas mon type, et ensuite parce que Tanya l'aime toujours. Je voudrais tellement qu'ils revivent ensemble, et que vous vous entendiez avec lui...

Un long soupir s'échappa de ses lèvres.

— Je suppose que je suis une pacificatrice dans l'âme...

— Je ne vois rien de mal à cela. Au contraire...

Doucement, il retira le chapeau que Pam avait donné à Jennifer, au petit déjeuner.

— Je vous préfère avec vos cheveux libres, murmura-t-il en caressant les longues boucles brunes.

Il la serra plus fort dans ses bras, et posa un instant sa joue contre la tempe de la jeune femme.

— Vous êtes une fille fantastique, Jenny. Mais ne vous brisez pas le cœur à vouloir réparer des choses qui ne peuvent pas l'être.

Fermant les yeux, elle laissa ses dernières tensions se dissiper dans la chaleur qu'il lui transmettait. Une subtile modification de ses sentiments s'était opérée à son insu, pendant ces quelques jours. Elle éprouvait avec toujours autant de force les sensations grisantes qui l'assaillaient, mais le choc initial n'y était plus. Elle avait désormais l'impression de n'avoir vécu que pour être un jour dans les bras de Gary.

Etait-ce cela qu'on appelait l'amour?

Le cœur battant, elle leva la tête vers lui. Les yeux de Gary étaient fixés sur ses lèvres entrouvertes. Son désir de l'embrasser était évident, mais il se fit violence et la repoussa avec un clin d'œil amusé.

— Ne perdons plus de temps, Jenny. Allez-y, je vous regarde mettre la selle.

Jennifer n'aurait jamais cru pouvoir un jour apprécier autant une promenade à cheval. Midnight était réellement d'une docilité exceptionnelle. Mais surtout, Gary, enfin redevenu lui-même, lui faisait oublier toutes ses appréhensions. Avec lui, la vie reprenait des couleurs. Elle eut la sensation d'avoir vécu en noir et blanc depuis une semaine...

Il lui parla de ses déboires lors de ses premiers rodéos, lui raconta des anecdotes de son enfance qui la firent rire aux larmes, et lui donna la leçon d'équitation promise depuis longtemps. Pour la première fois, elle put lancer Midnight au galop.

Alors qu'ils longeaient un sentier contournant une colline, Jennifer tendit le doigt vers la vallée.

— Regardez, là-bas... Qu'est-ce que c'est?

— Des élans. Ils sont en route pour remonter vers les montagnes.

— C'est vrai? Je n'en avais encore jamais vu comme ça, en liberté.

— Ils sont sur mes terres. Une barrière a dû tomber, à la dernière tempête, et ils profitent du raccourci.

— Cela n'a pas l'air de vous gêner.

— Non, j'aime les voir, moi aussi. On ira réparer la barrière dans quelques jours, quand ils seront partis.

Les Johnson les accueillirent avec la même simplicité que la fois précédente. Après le déjeuner, Jacob Johnson les emmena dans l'étable, où une jeune vachette était couchée sur la paille.

Gary s'approcha d'elle et posa doucement les paumes sur le ventre ballonné de l'animal.

— Jenny, je crois que vous allez assister à votre premier accouchement. Qu'en pensez-vous, Jacob? D'ici une heure, je suppose?

— A peu près.

En effet, peu de temps après, Jennifer, fascinée, put observer la naissance du veau — lequel, en moins de trente minutes, était déjà debout en train de téter sa mère.

— Si seulement les enfants pouvaient en faire autant, cela nous épargnerait bien des misères, soupira Mme Johnson. Une tétée, et hop! On les enverrait jouer dehors.

— Qu'est-ce qu'il ne faut pas entendre, plaisanta son mari. Elle qui passait son temps à pouponner!

Il y eut d'autres mises bas dans la journée, toutes sans problèmes.

Malheureusement, la chance tourna. Au beau milieu de la nuit, Jennifer, qui dormait sur un lit de camp dans la chambre des deux filles, se réveilla en entendant un brouhaha dans la cour. Sans faire de bruit, elle s'habilla à la hâte et sortit rejoindre Gary et les autres dans l'étable.

Sur un lit de paille fraîche, une génisse noire était étendue, pantelante, le corps couvert de sueur. Le nez rose du veau à naître apparaissait déjà, ainsi que ses pattes auxquelles était fixé un appareil. Dans l'après-midi, Jennifer avait appris qu'on l'utilisait pour tirer les veaux dans les cas difficiles.

Les deux hommes semblaient épuisés.

— Que se passe-t-il ? demanda-t-elle.

— Le veau est trop gros, répondit Gary. Il ne passe pas. Jacob, que fait-on, maintenant ?

— On va perdre l'un ou l'autre, j'en ai bien peur. La génisse est trop étroite. Je ne pense pas qu'elle supportera. A vous de décider lequel des deux il faut sacrifier, Gary.

Gary baissa la tête, accablé. Ses traits étaient horriblement tendus.

— Essayons encore, Jacob. Et prions pour que les deux tiennent le coup.

— Alors, allez-y. Je vais chercher la seringue, au cas où...

Jennifer ferma les yeux, mais les meuglements pathétiques de la génisse lui déchiraient le cœur. Elle s'éloigna quelques instants.

Quand elle revint, le veau était né, mais Jacob venait d'abréger les souffrances de la mère. Gary était agenouillé près d'elle, tassé sur lui-même, immobile. Soudain, il se redressa et abattit son poing contre le mur, de toutes ses forces. Puis il sortit rapidement de l'étable, les mains enfoncées dans les poches de son jean.

Un des aides, qui s'occupait du jeune veau, leva les yeux vers Jennifer.

— Jamais vu un rancher aussi sensible que lui, dit-il. Il n'est pas ordinaire, c'est sûr. Mais je ne peux que respecter un homme qui prend la vie tellement à cœur.

Jennifer hocha la tête, des larmes perlant à ses paupières. Non, Gary n'était décidément pas un homme ordinaire.

Elle sortit à son tour de l'étable sombre, d'un pas lent. Et ce fut là, dans cette cour que la nuit enveloppait d'ombre, qu'elle comprit avec certitude qu'elle aimait Gary d'un amour absolu.

# 7.

Gary toucha à peine à son petit déjeuner. Il finit son café puis, s'excusant, annonça qu'il retournait auprès du veau.

— Ne vous inquiétez pas, Jennifer, dit Mme Johnson devant l'air soucieux de la jeune femme. Je l'ai souvent vu comme ça. Il se remettra d'ici quelques heures. Je vais vous préparer des sandwichs... Tel que je le connais, il aura sûrement faim avant que vous ne soyez rentrés.

— Je l'espère.

Elle aurait aimé le rejoindre et lui apporter quelque réconfort, mais, intuitivement, elle savait que, dans l'immédiat, Gary avait avant tout besoin de solitude.

Sur le chemin, il demeura muré dans un mutisme songeur. A un moment, il lança Coal King au grand galop. Puis il s'arrêta et revint sur ses pas, vers Jennifer et Midnight restées loin derrière.

— Excusez-moi. Je ne me suis pas rendu compte que vous ne pouviez pas me suivre. J'avais besoin de bouger un peu.

Jennifer sourit, heureuse de le voir enfin reprendre vie. Il garda toutefois le silence tandis qu'ils traversaient des paysages que le printemps égayait de fleurs incarnates et de tendres bourgeons.

Assis bien droit sur son cheval, une main tenant la bride, l'autre pendant le long de son corps, il était réellement le maître de cette terre sauvage. Jennifer observa son port de roi, son menton ferme, son torse large, mais aussi sa veste usée, son jean délavé et ses bottes au cuir patiné.

Un vrai cow-boy... Briserait-il son cœur, comme le prétendait la chanson? Peut-être pas intentionnellement, non. Mais il accordait tant de prix à sa liberté qu'il ne souhaiterait sans doute pas l'aliéner par le mariage. Car il était libre — libre comme l'aigle planant au-dessus des plaines, libre comme ces élans qu'ils avaient vus la veille.

Gary se retourna soudain vers elle et elle rougit violemment, consciente du cours étrange qu'avaient pris ses pensées. Le mariage! N'allait-elle pas un peu vite en besogne? Elle plaisait à Gary, c'était certain, mais de là à envisager un avenir commun, il y avait un abîme qu'elle n'était pas certaine de franchir un jour.

— Je me demandais quand vous vous lasseriez de me regarder, dit-il, amusé. Le panorama est pourtant plus intéressant.

— Je suis désolée. Je ne me rendais pas compte que...

— Oh, je ne me plains pas!

Du doigt, il indiqua des saules aux troncs noueux en contrebas du chemin.

— Il y a un ruisseau, là-bas. On va aller piqueniquer. Je commence à avoir faim.

Ils s'assirent à même l'herbe fraîche près du petit torrent qui courait joyeusement entre les pierres plates et les roseaux.

— Maintenant, Jenny, tout à fait entre nous, dites-moi si vous me prenez pour un fou.

Cette question la prit au dépourvu, et elle ouvrit de grands yeux étonnés.

— Un fou ? En voilà une idée ! Pourquoi est-ce que je penserais une chose pareille ?

— Parce que je n'ai jamais réussi à m'endurcir le cœur. Ce n'est pourtant pas la première fois que je vis une telle expérience, et sûrement pas la dernière, malheureusement. Mais je sais que je réagirai toujours aussi fort. Je croyais que c'était pour cela que vous me dévisagiez, en vous demandant si je n'avais pas la cervelle un peu dérangée. Mon image de cow-boy viril doit en souffrir.

— Pas pour moi, en tout cas. Ni auprès de ceux qui vous connaissent, d'ailleurs. Ils ne vous en respectent que davantage. L'un d'eux me l'a dit, justement.

Gary sourit, de ce sourire particulier qui faisait immanquablement battre le pouls de Jennifer à une vitesse folle.

— Quand j'étais jeune, j'avais peur de dévoiler mes émotions ; je ne voulais pas qu'on me traite de femmelette. Mais en grandissant, j'ai compris qu'il était beaucoup plus important d'être moi-même que de jouer un rôle pour le bénéfice des autres.

Impulsivement, elle lui caressa les cheveux d'une main légère.

— Ne changez jamais, Gary, murmura-t-elle. C'est si rare de voir quelqu'un éprouver autant d'amour pour toutes les créations de la nature...

Il se pencha pour l'embrasser, et le monde chavira autour d'eux. Ensemble, ils se laissèrent glisser dans l'herbe. Les yeux de Gary devinrent des miroirs dans lesquels Jennifer contemplait le reflet de son propre désir. Avec passion, elle répondit à ses baisers et ses caresses. L'amour qu'il lui inspirait était si pur qu'elle n'éprouvait aucune retenue, aucune fausse pudeur. Ivre de bonheur, elle s'abandonna quand il ouvrit son chemisier pour libérer ses seins de leur carcan de dentelle.

Ses doigts s'enfouirent dans les épais cheveux blonds, tandis que les lèvres de Gary couraient sur son ventre.

— J'ai envie de toi, Jenny, murmura-t-il.

Cet aveu réveilla soudain Jennifer de son état second. Elle se raidit.

— Qu'y a-t-il, ma Jenny?

— Gary, je...

Elle se redressa, affreusement embarrassée, tout à coup.

— Je suis désolée, mais... On ne peut pas... Imaginez donc, si... Oh, je vous en prie, ne m'en veuillez pas.

— Chht. Qu'est-ce que c'est que cet affolement?

Tendrement, il s'assit et la serra dans ses bras.

— Ce n'est pas votre faute, mais la mienne. Je n'ai pas réfléchi, et je me suis laissé un peu emporter. Mais cela ne se reproduira pas, je vous le promets. Enfin, je l'espère. Jenny? Regardez-moi. Ne pleurez plus. Tout va bien.

— Non, tout ne va pas bien, marmonna-t-elle en reniflant. J'ai honte.

— Il ne manquait plus que cela! Elle a honte! Et de quoi, je vous le demande?

Son rire la réchauffa. Il n'avait peut-être pas tort. Honte de quoi, finalement ?

— S'il faisait un peu plus chaud, je vous proposerais un bain dans le ruisseau. Je crois que nous en aurions besoin l'un et l'autre.

— Je ne sais pas si elle serait assez froide pour nous.

Gary l'embrassa en riant.

— C'est la Volga en plein hiver qu'il nous faudrait, pour calmer notre folie ! Aïe, je crois bien qu'on a écrasé notre déjeuner.

Les sandwichs étaient en effet un peu aplatis, ce qui ne les empêcha pas de se faire dévorer jusqu'au dernier. Festin de roi, mais bien maigre compensation au regard d'une autre faim qu'ils ne pouvaient satisfaire, celle-là...

Le soleil descendait déjà derrière les montagnes quand ils arrivèrent au ranch.

— Juste à l'heure pour dîner, déclara Nell. C'est le monde à l'envers !

— Nell, encore une seule réflexion sur ma ponctualité douteuse, et tu es renvoyée !

Nell soupira de plaisir. Enfin, Gary était redevenu lui-même.

Tanya s'approcha de Jennifer et lui glissa en aparté :

— Comment avez-vous réussi ce tour de force ?

— Je vous raconterai cela plus tard. Vous avez trouvé ce que nous cherchions ?

— Pas vraiment. Il manque encore des justicatifs.

— Quels justificatifs? demanda Gary qui revenait de l'entrée où il avait accroché sa veste.

Jennifer eut un haussement d'épaule évasif. La moindre parole malheureuse pouvait de nouveau mettre le feu aux poudres entre les deux frères.

— Oh, rien. Simple question d'organisation. On découvrira sans doute ce qui nous manque dans un fond de tiroir ou derrière le radiateur. McDonald avait un système de rangement très particulier.

Gary ne paraissait pas convaincu.

— N'hésitez pas à venir me voir si je peux être utile.

Sitôt après dîner, Jennifer s'enferma dans le bureau avec Tanya.

— J'espère que cette pièce n'est pas truffée de micros, dit-elle.

— Il vaudrait mieux pas, en effet.

Tanya apporta les feuilles couvertes de chiffres qu'elle avait imprimées dans la journée. Toutes deux s'assirent côte à côte devant la table.

— D'abord, autant vous dire que les contrats commerciaux sont parfaitement corrects. L'anomalie provient de la vente aux enchères. Il n'y a aucune pièce écrite pour l'année dernière. Généralement, ce sont des tickets envoyés avec le chèque et qui indiquent la race du bétail vendu, le poids et le prix. Je ne pense pas que Forrest les ait gardés, mais on peut toujours lui demander. En revanche, les montants sur les relevés bancaires correspondent bien à ceux de la vente. Le problème demeure que, si on se fonde sur les chiffres de Gary quant au nombre de bêtes expédiées, et qu'on le multiplie par un poids moyen — même en tenant compte de la perte habituelle due au transport et de l'erreur d'estimation —, il reste une différence d'environ dix pour cent avec le poids déclaré à l'arrivée. C'est énorme.

Jennifer étudia les données alignées sur la feuille. La réflexion de Gary quant à la Mercedes neuve de Forrest lui revint en mémoire. Ces dix pour cent auraient aisément pu lui offrir cette voiture de luxe, et lui permettre également la satisfaction de bien d'autres caprices. Elle garda toutefois ses réflexions par-devers elle.

— Je suppose que je devrais parler à Forrest, dit-elle. Je souhaite que ces tickets soient en sa possession.

Tanya posa la main sur le bras de Jennifer.

— Je sais ce que vous pensez, Jennifer. Mais je peux vous assurer que Forrest n'est pas malhonnête. Il a d'autres défauts, mais pas celui-ci. Je me porte garante qu'il n'est pour rien dans cette histoire.

— Je ne demande qu'à vous croire, Tanya, soupira Jennifer en se levant. J'appellerai Forrest demain matin, pour voir s'il peut passer dans l'après-midi. J'aime autant qu'il vienne quand Gary n'est pas là.

— Si cela ne vous fait rien, je vous laisserai seule avec lui. Je ne pense pas qu'il verrait d'un bon œil mon intrusion dans ses affaires.

Jennifer s'apprêtait à rejoindre sa chambre quand elle entendit Gary interpréter une valse de Chopin au piano. La porte était entrouverte. Au moment où elle la poussait, une fausse note retentit, suivie d'un juron de Gary.

— Ma main est enflée depuis que je l'ai cognée contre le mur, ce matin, expliqua-t-il. Vous voyez bien que je suis un fou.

Lui prenant la main, elle examina l'éraflure bleutée qui enflait sur le tranchant.

— Je vais finir par être d'accord avec vous. Vous devriez toujours avoir une paire de gants de boxe sur vous.

— Si je veux continuer à jouer du piano, il faudra que je l'envisage sérieusement.

— Vous jouez toujours de la musique classique? interrogea-t-elle.

— Tanya vous a parlé de Forrest, je suppose?

— Mmmh. Vous m'aviez bien dit que ça ne l'intéressait pas?

— Oui, mais je parlais du genre de musique que ma mère nous faisait jouer. Forrest est un pianiste de jazz fabuleux. Vous devriez l'entendre improviser. C'est étonnant.

— Mais vous ne le lui avez jamais dit, j'imagine?

— Vous croyez que je devrais? Vous allez finir par me transformer pour de bon.

La prenant par la taille, il l'installa sur ses genoux et l'embrassa dans le cou.

— Que diriez-vous d'un petit duo, mmmh?

— Je n'ai jamais touché à un piano de ma vie.

— Il y a une première fois à tout. Pour l'instant, contentez-vous d'appuyer sur la touche noire, là, en rythme.

Pam les entendit et, bientôt, le duo se transforma en trio. Ils s'amusèrent ainsi pendant une demi-heure puis se séparèrent sur le palier, les joues encore rouges d'avoir ri comme des fous.

— J'ai passé une merveilleuse journée, murmura Jennifer quand Gary la quitta devant sa porte.

Son baiser fut très doux, et presque chaste, mais n'en colora pas moins vivement les rêves de la jeune femme...

Rongée par la nervosité, elle guettait par la fenêtre du bureau. Forrest, lors de leur entretien téléphonique du matin, avait promis d'arriver vers 14 heures. Mais soudain, elle redoutait que Gary ne rentre plus tôt. Ce serait bien sa chance...

Il fut là à l'heure dite. Sitôt qu'elle eut refermé la porte sur lui, il arbora son plus beau sourire.

— Vous êtes très en beauté, Jennifer. L'air de nos contrées vous sied à ravir.

— Laissez tomber, Forrest, dit-elle froidement. Je n'ai pas envie de plaisanter. Nous avons de gros problèmes. Vous avez apporté les papiers que vous aviez gardés ?

Il lui tendit l'enveloppe de papier kraft qu'il tenait à la main et fronça les sourcils.

— Des problèmes ?

— Oui. Asseyez-vous, je vous en prie.

Elle parcourut à la hâte les documents et releva la tête vers lui.

— Ils concernent tous les contrats commerciaux. Vous n'avez rien sur les enchères ?

— J'ai toujours tout donné à McDonald.

— Y compris les tickets de la vente ?

— Oui. Pourquoi ?

— Ils ne sont nulle part. Et nous en avons besoin.

— Jennifer, pourriez-vous être plus précise quant à la nature de ce problème ?

Curieux. Il avait soudain la voix de son père et de Gary. Un changement subtil s'était opéré en lui. Elle avait désormais devant elle un homme sérieux, pleinement impliqué dans son travail.

— J'espère encore qu'il n'y en a pas.

Avec le plus grand calme, elle lui expliqua les lacunes que la réorganisation de la comptabilité avait fait apparaître, et reprit avec lui les chiffres en leur possession. Tout en parlant, elle étudiait attentivement les réactions de Forrest, lequel semblait soucieux, mais pas mal à l'aise comme quelqu'un de coupable.

— Le déficit est énorme, constata-t-il enfin. Et je ne vois pas du tout d'où il peut provenir.

— Vous n'aviez jamais remarqué la différence ? Vous ne vérifiiez donc pas le chiffre de départ en le comparant au définitif ?

— Non. Cela peut paraître invraisemblable, mais jamais l'idée ne m'a effleuré que quelqu'un puisse tricher.

Il se leva et se mit à arpenter la pièce, l'air profondément troublé.

— Franchement, Jennifer, je ne vois pas ce qui a pu se passer. Il faut me croire. Je ne suis pas stupide au point d'escroquer le ranch. Ce serait le meilleur moyen de perdre ma part d'héritage. Je ne tiens pas à avoir passé toutes ces années à travailler ici pour rien.

Se penchant vers elle, il posa les mains sur ses épaules, sans se rendre compte que la porte venait de s'entrouvrir.

— Je vous en prie, ne dites rien encore à Gary. Peut-être découvrirons-nous un moyen de...

Il n'eut pas le temps de finir sa phrase. Un coup de poing l'arrêta en plein milieu, l'envoyant rouler sur le sol entre les deux bureaux.

Le visage de Gary était tendu à l'extrême, et des plus menaçants.

— Ne touche pas à Jenny, Forrest! Je t'avais prévenu.

Forrest se redressa, manifestement décidé à ne pas en rester là. Gary, bien campé sur ses pieds, face à lui, serrait les poings.

— Arrêtez! cria Jennifer. Gary, Forrest est ici parce que je lui ai demandé de venir.

Gary tourna son attention vers elle.

— Pour quelle raison? C'est lui qui a la clé du problème?

— Je n'en sais rien. Mais ce n'est sûrement pas en vous battant que vous m'aiderez à le résoudre.

Une sorte de triomphe mauvais se peignit sur les traits de Gary.

— Il y a longtemps que je me doute que quelqu'un s'amuse à détourner de l'argent. Et qui est mieux placé que ce vieux Forrest pour falsifier les comptes? Tu avais McDonald dans ta poche, j'imagine?

— Je n'ai jamais touché aux comptes, gronda Forrest. Mais si une partie du bétail n'est jamais arrivée à destination, qui nous dit que ce n'est pas toi qui les as détournés sur une voie de traverse?

— Espèce de...

Les jurons se mirent à pleuvoir, et les coups aussi. Affolée et pleine de rage, Jennifer saisit le pichet d'eau glacée sur le bureau, et en versa le contenu sur les deux hommes qui s'empoignaient farouchement sur le sol.

Cette douche froide fit son effet. Ils s'arrêtèrent aussitôt de lutter pour affronter la colère de Jennifer.

— Et moi qui croyais avoir affaire à des adultes! Vous êtes de vrais gosses, tous les deux! Je doute que l'un et l'autre soyez responsables de ce détournement d'argent, mais au lieu d'essayer de vous unir pour trouver le responsable, vous êtes prêts à vous entre-tuer! C'est grotesque! Gary, si vous m'avez engagée uniquement pour prouver que Forrest est coupable, vous allez être déçu. Parce qu'à mon avis, même si les faits sont contre lui, il n'est pour rien dans cette histoire. Et de toute façon, il est innocent tant qu'on ne peut démontrer le contraire. Si vous n'êtes pas capable d'être impartial, Gary, vous pouvez vous chercher un autre comptable.

Tanya, alertée par le bruit, venait de passer la tête par l'entrebâillement de la porte.

— Que se passe-t-il?

— Rien. Un autre épisode de la guerre des frères Quinn, ironisa Jennifer. Occupez-vous de ces deux idiots si vous voulez, Tanya. Moi, je vais prendre l'air. Ça devient irrespirable, ici.

Pam revenait de l'école quand la jeune femme sortit.

— Tu veux venir faire un tour à cheval avec moi, Pam?

*
**

Deux heures plus tard, elles étaient de retour au ranch. La promenade et le verbiage de Pam avaient agi comme un baume sur l'humeur sombre de Jennifer. Elle rentra donc dans de bien meilleures dispositions, et prête à reprendre la discussion avec calme.

Mais la maison était vide. Nell fit son rapport : Forrest était reparti ; Gary avait sellé Coal King et avait disparu sans dire un mot ; quant à Tanya, elle était également sortie, l'air terriblement malheureuse.

Déprimée, Jennifer dîna puis attendit Gary dans le salon.

A minuit, il n'était toujours pas revenu et elle monta se coucher.

Cette fois-ci, il devait être bel et bien fâché contre elle. Qui sait s'il voudrait jamais lui adresser la parole de nouveau ?

# 8.

— A ce soir.

Ce furent les seuls mots que Gary lui adressa le matin avant de partir.

Le moral au plus bas, elle s'installa devant l'ordinateur. Tanya n'était pas encore descendue de sa chambre, et elle décida d'étudier de plus près les périodes de vente du bétail avec le personnel impliqué.

Ses recherches ne furent pas inutiles. Une heure plus tard, elle avait découvert un fait étrange : les différences entre les chiffres de départ et d'arrivée survenaient systématiquement quand Barkley comptait au nombre des conducteurs.

Barkley... Jennifer le connaissait un peu mieux depuis qu'il l'aidait de temps à autre à établir l'inventaire de l'équipement du ranch. C'était un homme taciturne, vivant de manière presque austère. Comment pouvait-il être concerné par une escroquerie frisant la centaine de milliers de dollars ?

Mordillant pensivement l'ongle de son pouce, Jennifer réfléchissait. Une sorte d'excitation s'empara d'elle. Elle avait la sensation d'approcher de la solution.

McDonald! Bien sûr! C'était lui qui était parti précipitamment. Et comme par hasard, au moment où Gary lui avait demandé des explications. Sa mère était-elle réellement malade? Une petite enquête risquait d'être intéressante...

— C'était un bon vivant, toujours à plaisanter, l'informa Nell. Sauf vers la fin. Quinze jours avant de partir, il a commencé à avoir l'air soucieux. Je suppose que la santé de sa mère devait le tracasser.

— Vous savez où il habite? Il devait envoyer son adresse, mais il ne l'a jamais fait.

— Barkley devrait savoir. Ils étaient inséparables, tous les deux. Ils partageaient le même appartement dans le quartier des aides.

Tiens, tiens... Etaient-ils de mèche, ou bien McDonald s'était-il joué de la crédulité de son ami? Il pouvait fort bien avoir ouvert un compte dans une banque discrète, où l'on ne posait qu'un minimum de questions, déposé le montant global du chèque de la vente, et reversé une partie seulement sur le compte du ranch. Rien de plus simple, pour un comptable chevronné.

— Je vais rendre une petite visite à Barkley, annonça-t-elle. Vous savez où je peux le trouver, aujourd'hui?

— J'ai entendu Clarence dire qu'une barrière avait besoin d'être réparée au nord-est, près de la route de Bozeman. C'est le secteur de Barkley. Il doit y être. Mais vous feriez peut-être mieux d'attendre qu'il vienne dîner, ce soir. C'est plutôt loin d'ici.

— Je n'aurais jamais cru que je dirais cela un jour, mais j'ai envie d'une longue promenade avec Midnight. Je n'ai pas très bien dormi, cette nuit. L'air frais me fera du bien.

— C'est vrai, vous n'avez pas bonne mine. Vous êtes sûre de vouloir sortir ?

— Je me couvrirai bien.

En longeant la clôture, elle arriva quelque cinquante minutes plus tard à l'endroit indiqué. La vieille jeep de Barkley était garée à l'ombre d'un cyprès.

Barkley se redressa et se gratta la tête sous le chapeau qui le protégeait du soleil.

— Bonjour, miss Jennifer, lança-t-il en la voyant arriver. Belle journée pour une balade.

— Superbe. Je voulais vous voir, et j'ai trouvé que c'était un excellent prétexte pour quitter mon bureau.

Barkley fronça les sourcils et s'essuya le front du revers de la main.

— Vous vouliez me voir ? Oh, pour l'inventaire ? J'ai commencé la liste des outils. Je devrais pouvoir vous la donner d'ici deux jours.

— Parfait. Mais en fait, mon but était autre. Nell m'a dit que vous connaissiez bien M. McDonald. J'ai besoin de lui poser quelques questions, et je me demandais si vous auriez une adresse ou un numéro de téléphone où je pourrais le joindre.

Cette fois, une expression inquiète passa sur le visage aux angles durs de Barkley.

— Oui, je dois avoir cela quelque part.

Il hésita.

— Vous les voulez tout de suite ?

— Non, vous me les donnerez ce soir.

Afin de dissiper le malaise qu'elle devinait en lui, elle lui posa quelques questions sur la réparation de la barrière, auxquelles il répondit d'une manière distraite.

— Bien, je vous laisse, à présent, Barkley. Je ne veux pas rester longtemps absente du bureau. Avec tout le travail... A ce soir, donc.

— Euh, miss Jennifer...

Nerveusement, il cognait la masse de son maillet dans sa paume.

— Vous lui voulez quoi, au juste, à McDonald ?

— Oh, rien de particulier, dit-elle d'un ton rassurant. Juste quelques détails de routine qui me permettraient de gagner du temps.

Tandis qu'elle s'éloignait, elle ressentit lourdement le regard de Barkley dans son dos.

Elle chevauchait depuis dix minutes en direction du ranch le long du chemin bordant le sous-bois quand elle entendit la jeep derrière elle. Apparemment, Barkley avait déjà terminé sa tâche. A moins qu'il n'ait oublié de lui dire quelque chose. Elle s'arrêta et se tourna de trois quarts sur Midnight pour le regarder approcher.

Mais la jeep ne ralentissait pas. Elle semblait même foncer sur elle. Le chemin était trop étroit pour qu'elle pût se ranger sur le côté.

Soudain paniquée, Jennifer enfonça ses talons dans les flancs de la jument qui répondit en bondissant en avant.

Agrippée au pommeau, le cœur battant au

rythme de sa course folle, Jennifer n'osait se retourner, de peur de perdre son équilibre précaire. Mais le bruit du moteur était là, derrière elle. Midnight ne pourrait garder cette allure bien longtemps; il fallait qu'elle la ménage, qu'elle lui permette de ralentir. Mais comment?

— Tournez, Jenny! Le sous-bois!

Gary! Il arrivait vers elle, sur un hongre gris pommelé qu'il montait de temps à autre — Thunder. Elle le vit qui agitait la main sur la gauche.

— Tournez!

Jennifer tira sur les rênes, mais Midnight, désormais affolée, ne répondit pas à son ordre. Elle hurla le nom de Gary, et porta tout son poids vers la gauche, mais sans succès. Finalement, Gary parvint à attraper la bride de la jument et put l'attirer vers le sous-bois.

Jennifer eut soudain l'étrange sensation que le monde basculait, puis elle heurta durement le sol.

— Jenny! Jenny... Oh, mon Dieu.

La voix de Gary lui parvenait, assourdie et lointaine. Un sanglot s'étouffa dans sa gorge.

— Jenny, ce n'est pas possible. Répondez-moi. Je vous aime, vous ne pouvez pas m'abandonner. Oh, bon sang, pourquoi ne vous l'ai-je pas dit plus tôt, Jenny? Je vous aime tant.

Les mots de Gary la tirèrent du brouillard dans lequel elle avait sombré.

Il l'aimait!

Au prix d'un effort immense, elle força ses yeux à s'ouvrir et rencontra le regard tourmenté de Gary.

— Le ciel soit loué, murmura-t-il en effleurant son visage. Vous êtes vivante. Vous n'allez pas bouger, Jenny. Je vais chercher de l'aide.

— Non, ne me quittez pas.

Sa voix était faible. A peine un filet.

— Je vais très bien. Regardez...

Du doigt, elle frôla ses lèvres. Il saisit sa main et l'embrassa.

— Non. Je ne veux pas prendre de risque. Vous allez attendre ici que j'aille chercher de l'aide.

— Et si Barkley...

— On ne le reverra pas de si tôt. Croyez-vous que je vous laisserais seule s'il y avait le moindre risque qu'il revienne?

— Et Midnight? Elle n'est pas blessée?

— Non. Elle est tranquillement en train de brouter, à deux pas d'ici. Je ne veux pas perdre de temps, Jenny. C'est entendu, vous ne bougez pas?

Elle acquiesça d'un battement de cils, trop faible de toute façon pour se lever. Son dos la faisait terriblement souffrir; elle avait chaud et froid en même temps. Gary posa sa veste sur elle et glissa son écharpe sous sa tête. Puis, après un dernier baiser sur son front, il remonta sur Thunder et s'éloigna au grand galop.

A partir de cet instant, Jennifer perdit toute notion de temps. Elle reposait à demi assoupie, s'éveillant de temps à autre, effrayée par chaque bruit que son imagination craintive transformait en moteur de jeep.

Soudain, elle entendit distinctement le rugissement du moteur. Barkley était de retour! Il allait la tuer! En proie à une sorte de transe, elle se leva et ses jambes tremblantes la portèrent sur quelques mètres avant qu'elle ne trébuche sur une racine et ne tombe en avant. Des larmes de terreur et d'impuissance l'aveuglèrent.

— Jenny, mais qu'est-ce que vous faites? Je vous avais dit de ne pas bouger!

Gary. C'était Gary! Il descendit de la camionnette que Clarence conduisait.

— J'ai cru que... que Barkley revenait, articula-t-elle avec difficulté.

— Mon pauvre petit amour...

Il avait déjà prononcé ces mots, et comme la première fois, ils eurent pour effet de faire redoubler les pleurs de Jennifer.

Doucement, Gary la souleva dans ses bras, et elle enfouit son visage barbouillé de larmes dans l'épais pull-over.

— Vous avez de la fièvre, dit-il. Je vous emmène à l'hôpital. On va vous examiner de fond en comble. J'avais déjà remarqué que vous aviez une mine de papier mâché, ce matin. Et les yeux brillants, aussi. Qu'est-ce que vous faisiez dehors, avec de la température?

— Oh, Gary, ne me grondez pas! Je ne me sens pas bien depuis hier, mais j'ai cru que c'était parce que vous étiez en colère contre moi.

— Ce n'était pas contre vous que j'étais furieux, mais contre moi. Je ne supportais pas de m'être comporté comme le dernier des idiots devant vous, et j'avais peur d'avoir perdu votre respect.

— Vous auriez pu me le dire, murmura-t-elle. Je ne suis pas télépathe.

— Je suppose que je devrai perdre l'habitude de me renfermer dans ma coquille, hein?

— Ne laissez jamais le soleil se coucher sur une dispute, déclara Clarence qui avait surpris les derniers mots de Gary. C'est le secret d'une entente durable. Croyez-en mon expérience.

Gary échangea un sourire avec son intendant, puis leva la tête.

— L'hélicoptère arrive.

— L'hélicoptère ? répéta-t-elle d'une voix étranglée. Pour quoi faire ?

— Pour aller à l'hôpital. On y sera en dix minutes. Clarence, je te retrouve là-bas.

— Mais je ne veux pas aller à l'hôpital ! protesta-t-elle avec les dernières forces qui lui restaient. Pour un rhume, c'est ridicule !

D'un pas ferme, Gary traversa la route vers le champ.

— Pas de discussion. Je ne serai pas tranquille tant qu'on n'aura pas fait des radios de tous vos os, un par un.

Les radios ne révélèrent aucune fracture. En revanche, le médecin diagnostiqua une sévère inflammation des amygdales.

Après qu'on lui eut administré une piqûre d'antibiotique, et dressé une liste de médicaments à acheter à la pharmacie, Jennifer fut autorisée à rentrer au ranch.

Elle dormit tout le long du chemin et se rendit à peine compte que Gary l'emportait dans son lit, laissant à Nell le soin de la coucher.

Mais depuis qu'ils avaient quitté l'hôpital, les mots doux qu'il n'avait cessé de murmurer à son oreille l'avaient tendrement bercée, et ses « je t'aime » avaient sur elle l'effet du plus puissant des remèdes...

# 9.

Quarante-huit heures plus tard, Jennifer, assise sur son lit, soupirait d'aise en acceptant la cuillère de potage que Gary lui tendait.

— Je ne sais pas quel jour nous sommes, et je ne suis même pas sûre de vouloir le savoir.

— C'est aujourd'hui le premier mai. Et dès que vous serez assez forte pour vous tenir en selle, je vous emmènerai dans la montagne pour cette promenade dont je vous ai parlé. La nature sera en fête pour vous.

Elle ouvrit la bouche pour avaler une nouvelle cuillerée.

— Vous me dorlotez trop, Gary. Je vais devenir pire qu'une enfant gâtée.

— Cela m'aide à dissiper ma culpabilité. Je ne me pardonnerai jamais de vous avoir laissée aller voir Barkley toute seule. J'aurais dû travailler avec vous sur cette enquête au lieu d'attendre que vous arriviez aux mêmes conclusions que moi. Quand je suis rentré et que Nell m'a dit où vous étiez partie, j'ai tout de suite craint le pire.

Jennifer fronça les sourcils.

— Quel homme bizarre... Je n'aurais jamais cru

qu'il soit impliqué dans ce genre d'histoire. Croyez-vous qu'on le rattrapera ?

— La police a déjà retrouvé la jeep, abandonnée près de la route. Clarence est sûr que Barkley est toujours quelque part sur nos terres. Plusieurs des aides sont à sa recherche.

Jennifer frissonna.

— J'aimerais autant qu'on le retrouve vite. Je n'ai pas envie de le rencontrer de nouveau au coin d'un bois.

— Vous n'avez rien à craindre. A partir de maintenant, vous ne ferez plus un pas sans que je sois derrière vous.

— Mmmh. Quel programme...

Plusieurs jours s'écoulèrent encore. Jennifer n'avait jamais été aussi choyée. Par Gary, naturellement, mais aussi par Pam, Nell, Tanya, et même Cookie qui lui prépara un magnifique gâteau avec « guéris-toi vite » inscrit en sucre rose sur la nappe de chocolat.

Elle eut même droit à un coup de fil de Matt.

— Matt, cela me fait plaisir de vous entendre. Comment allez-vous ?

— C'est à vous qu'il faut demander ça, ma fille. Vous avez fait une trouille de tous les diables à ce pauvre Gary. Il ne s'était pas rendu compte qu'il avait engagé une comptable voltigeuse !

— Comptable voltigeuse ! répéta-t-elle en riant avec lui. Il faudra que je l'inscrive en lettres d'or sur ma carte de visite. Ce sera du meilleur effet.

Elle parla quelques minutes avec lui, puis raccrocha, non sans lui avoir promis de passer le voir sitôt qu'elle serait sur pied.

Enfin, un matin, elle se sentit suffisamment en forme pour pouvoir descendre déjeuner dans la cuisine. Elle y fut accueillie avec chaleur par tout le monde, et reprit avec plaisir sa place parmi les aides, Pam et les autres.

Gary ne parlait plus que de cette promenade qu'il attendait avec impatience, mais le temps ne s'y prêtant pas, il dut se résigner à tenir compagnie à Jennifer dans le bureau, où elle lui expliqua le fonctionnement de son organisation.

— L'essentiel est que je reçoive les informations beaucoup plus régulièrement que par le passé. Il faut que j'aie les factures dès qu'elles arrivent, et qu'on me tienne au courant de toutes les dépenses.

Gary soupira.

— Je vais essayer, mais je ne peux rien promettre. En ce qui me concerne, j'ai horreur de tenir des écritures.

— Mais vous vous débrouillez à merveille pour le décompte du bétail.

— Peut-être, mais cela ne m'a pas empêché de me faire avoir.

— Vous avez péché par excès de confiance. Si vous aviez surveillé McDonald d'un peu plus près, il n'aurait pas osé vous escroquer.

— Si c'est bien lui le coupable. Forrest était chargé de vérifier les chiffres. J'ai du mal à croire qu'il soit complètement blanc, dans cette histoire.

— Oh, Gary... Vous êtes pire qu'un chien sur un os. J'ai bien vu, d'après les relevés, que vous reversez tout votre argent personnel dans le ranch. Ce n'est pas le cas de Forrest, d'accord. Mais mettez-vous à sa place. Si votre père vous avait forcé à devenir... je ne sais pas moi, comptable au lieu de cow-boy, vous n'auriez sans doute pas envie de vous investir dans votre travail.

— Le problème ne se serait pas posé : je n'aurais pas accepté, quitte à perdre l'héritage.

— Vous n'en savez rien, Gary. Et vous n'avez pas le droit de juger Forrest. Si seulement vous pouviez laisser tomber votre vendetta et aller plaider en sa faveur auprès de Matt... Croyez-vous que ce serait très difficile ?

Gary se leva et s'approcha de la fenêtre. Il resta un instant à réfléchir, puis se tourna de nouveau vers elle.

— Mon père a toujours été ferme sur un point : le ranch nous appartient à tous les deux, mais dans la mesure où nous y travaillons. C'est quelque chose que je n'imposerai certainement pas à mes enfants, mais je ne peux que m'incliner devant sa décision.

Jennifer eut un soupir attristé et Gary revint près d'elle.

— Ne soyez pas déçue, Jenny.

Doucement, il l'attira dans ses bras.

— Il ne sert à rien de vouloir à tout prix réformer le monde. Mais je ne vous en aime que plus pour essayer. Jenny... vous m'en voulez?

— Un peu, dit-elle.

Gary afficha une moue exagérément boudeuse, et devant son air piteux, Jennifer ne put s'empêcher d'éclater de rire.

— On ne peut pas parler sérieusement avec vous !

— J'aime trop vous entendre rire...

Le lendemain, Jennifer se leva de bonne heure. Le ciel s'était dégagé, et le soleil levant colorait les cimes enneigées de mauve et de rose. Elle n'était pas plus tôt habillée que Gary frappait à sa porte.

— Déjà prête ? Fantastique ! On partira tout de suite après le déjeuner.

Nell avait déjà préparé d'énormes sandwichs, des fruits et des gâteaux secs pour leur expédition.

— Soyez prudents, tous les deux. La météo prévoit une tempête, pour ce soir. Elle passera peut-être au large du ranch, mais ce n'est pas sûr.

Ils chevauchèrent longuement à travers champs dans la vallée, les sabots des chevaux foulant l'herbe encore humide de rosée. Puis le sentier montant à flanc de montagne entre les pins les obligea à se placer l'un derrière l'autre. L'odeur de résine embaumait l'air. Ils parlaient à peine, leur plaisir se passant de mots.

Les arbres se firent plus rares tandis qu'ils poursuivaient leur ascension. Le sentier devint plus étroit et pierreux.

— Ce ne sera plus long, maintenant. Encore un petit effort.

— Il n'y a pas de précipice, j'espère ? demanda-t-elle avec appréhension.

— Vous n'avez aucune raison d'avoir peur, Jenny. Midnight connaît ce chemin par cœur. Elle le ferait les yeux fermés.

— Oui, eh bien, j'aime autant qu'elle les garde ouverts !

La végétation se fit pratiquement inexistante. Ils entraient dans le domaine de la rocaille et des ronces épineuses. Et bientôt, ils commencèrent à longer l'à-pic. Gary se retournait fréquemment vers Jennifer, laquelle sentait son visage se figer. Le pauvre sourire qu'elle s'efforçait d'arborer n'était plus qu'une grimace.

— N'ayez pas l'air aussi effrayée, Jenny. Encore deux cents mètres, et on est arrivés.

— Je serai peut-être morte avant, dit-elle entre ses dents serrées.

— Ne regardez pas en bas.

— Facile à dire.

A cet instant, Midnight buta sur une pierre qu'elle envoya rouler dans la gorge profonde. Malgré elle, Jennifer tourna la tête pour suivre sa chute... Erreur fatale ! Elle fut aussitôt prise d'un étourdissement nauséeux.

— Gary, je... je ne peux pas.

Midnight s'arrêta docilement quand elle tira sur les rênes.

— Mais si, Jenny. J'ai parcouru déjà des dizaines de fois ce chemin avec Midnight.

— Elle peut très bien glisser et me faire tomber. Il vaut mieux que je descende. Je me sentirai plus en sécurité.

Une image d'elle-même agrippée au rocher s'imposa à son esprit. Une sueur glacée coulait dans son dos.

— Midnight est beaucoup plus stable que vous. Elle a quatre pieds pour maintenir son équilibre.

— Mais elle a deux fois plus de chances que moi de trébucher. Et puis, ne me regardez pas comme ça ! Ce n'est pas ma faute si j'ai le vertige !

— Ce n'est pas en restant bloquée ici que tout s'arrangera. Allez, faites repartir Midnight. Dans deux minutes, votre supplice sera fini.

Jennifer trouva en fin de compte un dérivatif à sa terreur. Elle maintint son regard fixé sur le dos de Gary, et bientôt, des idées beaucoup plus agréables vinrent la distraire de l'instant qu'elle était en train de vivre.

— Et voilà ! On y est, déclara Gary. Alors, cet effort ne valait pas la peine?

Jennifer, fascinée par la beauté du site, ne put répondre immédiatement. Le sentier s'était élargi en une sorte de plate-forme surplombant une vallée tapissée de hautes herbes ondulant sous la brise. Des vagues bleutées de campanules piquetées de marguerites et de boutons d'or s'échouaient au bord d'un petit lac émeraude serti au fond de la combe, comme un joyau dans son écrin. Une biche et son daim, penchés sur l'eau claire, s'y désaltéraient.

— Je n'ai jamais rien vu de plus beau, murmura-t-elle enfin.

— Il fallait que cet endroit soit spécial, pour ce que j'ai à vous dire...

Ses yeux brillaient. Elle l'interrogea du regard, mais il porta un doigt à ses lèvres, d'un air mystérieux.

— Chhht. Plus tard...

Il sourit devant son froncement de sourcils impatient.

— Il y a un écho étonnant. Vous voulez l'entendre ?

— Oh oui ! Mais on va faire fuir la biche et son petit...

— Ils partiront dans une minute, de toute façon.

Mettant ses mains en porte-voix devant sa bouche, il se mit à crier d'une voix forte :

— Je vous aime, Jenny!

Et l'écho répercuta inlassablement cet aveu qui fit monter le feu aux joues de Jenny.

La biche leva la tête, puis s'enfuit à toute allure, suivie du daim.

D'un claquement de langue, Gary fit avancer son cheval qui descendit par un chemin beaucoup moins abrupt que celui qu'ils venaient d'emprunter. Ils s'arrêtèrent au bord du petit torrent qui descendait en cascadant entre les rochers.

Jennifer s'abandonna dans les bras tendus de Gary dont les yeux étincelaient d'un éclat particulier. Leurs lèvres se joignirent, et elle soupira délicieusement en fondant sous l'ardeur de ce baiser.

— Je voulais attendre plus tard, dit-il, mais je ne supporte plus le suspense.

Le cœur de Jennifer se mit à battre la chamade. Gary lui prit les mains et plongea son regard dans le sien.

— Jenny... voulez-vous devenir ma femme?

Des larmes irrépressibles brouillèrent la vue de Jennifer qui hésita entre le rire et les pleurs.

— Oui... Oh oui, Gary!

Il faillit bien lui briser trois côtes tant il la serra contre lui.

— Je suis le plus heureux des hommes, Jenny.

Son baiser fut cette fois plus tendre, moins impatient. Désormais, ils avaient l'éternité devant eux pour s'aimer...

Ils déjeunèrent installés sur une couverture. Jamais sandwich au poulet n'avait paru meilleur à Jennifer. Miraculeusement, il lui semblait que tous ses sens étaient aiguisés par le bonheur que Gary venait de lui offrir.

Ce dernier avait sorti une bouteille de champagne. Le breuvage avait été un peu secoué et réchauffé contre la croupe du cheval, mais ils n'en eurent cure. Assis l'un en face de l'autre, leurs genoux mêlés, ils levèrent leurs verres de plastique à leur avenir.

— C'est drôle, dit-elle. Je n'aurais jamais imaginé qu'on puisse me demander en mariage dans un tel cadre. Voilà qui dépasse toutes mes espérances les plus folles...

Elle inclina la tête, et effleura son visage du bout des doigts.

— Je suppose que je ne suis pas la première femme, pour vous. Vous n'avez tout de même pas vécu en reclus jusqu'à présent ?

— Non. J'ai connu quelqu'un, il y a déjà longtemps. Sur le moment, je pensais que c'était vraiment la femme de ma vie. J'avais déjà organisé notre existence ; je nous voyais avec une ribambelle d'enfants, un chien, des chats... C'est tout juste si je n'avais pas déjà choisi les rideaux de notre chambre.

Il haussa les épaules, en un geste de dérision.

— J'étais jeune...

— Et alors ? Que s'est-il passé ?

— Par chance, elle a décidé de partir avec un autre à quelques jours de la cérémonie.

— Pourquoi « par chance » ? Vous avez dû être très malheureux ?

L'allusion de Clarence à cette époque où la maison était aussi sinistre qu'un caveau lui revint en mémoire.

— Oui, c'est vrai, admit-il. J'ai fait mener une vie d'enfer à tout le monde. On ne pouvait plus m'approcher. J'étais persuadé que mon existence était terminée, qu'aucune femme, jamais, ne remplacerait celle-là. Et puis, j'ai dû m'occuper de Pam. Et j'ai appris ce qu'aimer quelqu'un signifiait. Vraiment. Avec cette petite puce, j'ai dû me dépouiller de mon égoïsme. Elle n'avait que cinq ans, quand elle est arrivée au ranch, et elle avait besoin de toute l'affection que j'étais capable de lui donner... La comparaison s'est faite d'elle-même, sans que j'aie besoin de me perdre en analyses : ce que j'avais pris pour de l'amour, avec Sandra, n'était que du désir. Je ne pouvais que remercier le ciel de ne pas l'avoir épousée.

Il retrouva son sourire pour se pencher vers elle et embrasser fugacement ses lèvres.

— Et je m'en réjouis d'autant plus aujourd'hui. J'ai eu beaucoup, beaucoup de chance. Quand je pense que tout a débuté par une petite annonce dans le journal...

— Je n'arrive pas à le croire, moi non plus. Qu'y a-t-il ? demanda-t-elle en le voyant soudain lever la tête d'un air inquiet.

— J'ai l'impression d'avoir entendu un roulement de tonnerre. On ferait peut-être mieux de ne pas s'attarder ici.

— Déjà ? Mais je n'ai pas envie de quitter cet endroit... Jamais.

— Moi non plus, mais je ne tiens pas à essuyer la tempête. Les orages de printemps sont plutôt violents. Regardez, le ciel se couvre, à l'ouest. Dépêchons-nous. On va rentrer par la vallée, cela ira plus vite, et il y a un refuge sur le chemin.

— Parce que… nous n'étions donc pas obligés de jouer les funambules sur ce sentier?

— Non, mais avouez que cela valait la peine. Rien que pour entendre l'écho…

Désarmée par son clin d'œil malicieux, elle l'aida à ranger la couverture et les restes de leur pique-nique.

Le vent se leva brusquement, et des ondes argentées coururent dans la vallée. Ils galopèrent autour du lac et rejoignirent un étroit passage menant au pied d'un canyon. Les sapins commençaient à être malmenés par des bourrasques de plus en plus violentes. De gros nuages plombés avaient envahi le ciel, zébrés de temps à autre par les éclairs.

— Le chalet est à trois minutes d'ici, cria Gary. Il faut qu'on y arrive avant d'être trempés…

Il avait à peine fini sa phrase qu'une pluie glacée se déversait sur eux. Jennifer vit avec soulagement apparaître le refuge promis. Après les avoir dessellés, ils laissèrent les chevaux sous l'abri ménagé à leur intention, puis entrèrent dans la cabane de bois.

Trempée jusqu'aux os, Jennifer regarda l'empreinte de ses pieds sur le parquet.

— Quelle aventure! déclara Gary, manifestement ravi. On ne pouvait rêver mieux pour finir la journée.

— Je ne serais pas surprise que vous ayez commandé cet orage exprès pour nous.

Une semi-pénombre régnait dans la pièce unique meublée d'un évier, d'un poêle contre lequel s'adossait un tas de bûches, et de deux lits disposés de part et d'autre d'une table flanquée de deux chaises.

Gary ôta sa veste.

— Je vais allumer la lampe à pétrole. Retirez vos vêtements; on les accrochera au-dessus du poêle pour les sécher. Il y a un fil exprès.

— Retirer mes vêtements? répéta-t-elle. Mais... et qu'est-ce que je vais mettre, en attendant?

Un frisson léger la parcourut. Même s'il n'avait pas le pouvoir de provoquer un orage, Gary serait peut-être tenté de mettre la situation à profit... Et elle ne se sentait ni le courage ni l'envie de lui refuser quoi que ce fût.

— Vous n'avez qu'à prendre la couverture, là, sur le lit.

Avec la lueur ocre de la lampe, les ombres devinrent plus denses, et la pièce fut plongée dans une atmosphère un peu irréelle qu'accentuait encore le déchaînement de la tempête à l'extérieur.

Il se tourna vers elle tandis qu'elle s'évertuait à enlever son jean mouillé, lequel refusait évidemment de glisser sur sa peau.

— Vous voulez de l'aide?

— Non, merci. Occupez-vous de vous.

— J'en ai bien l'intention, répondit-il, sans plus ample explication.

Deux minutes plus tard, une simple serviette nouée autour des reins, il suspendait au fil ses affaires et celles de Jenny. La serviette tomba deux fois; sans éprouver la moindre gêne, il la ramassa, inconscient du regard de Jennifer qui, assise sur un des lits et recroquevillée sous la couverture, pouvait à son aise contempler la splendide musculature de son futur mari.

Il se retourna enfin, nouant une fois de plus cette

satanée serviette qui, décidément, refusait de rester en place.

— Vous tenez à garder vos sous-vêtements trempés? demanda-t-il.

A contrecœur, elle se dénuda en se tortillant sous le plaid, et lui tendit ses effets en rougissant.

— Venez ici, dit-il après les avoir suspendus.

Les yeux de Jennifer s'arrondirent démesurément.

— Pour... pour quoi faire?

Se penchant, il l'attira contre lui et Jennifer se vit prisonnière et de la couverture et de ses bras, comme un bébé emmailloté.

— Nous sommes bel et bien coincés ici, dit-il. L'orage n'est pas près de s'éloigner, et nos vêtements ne seront pas secs avant des heures. Il va bien falloir trouver un moyen de passer le temps... Et à vrai dire, je n'ai pas tellement envie de jouer au gin-rami.

Il prit le menton de Jennifer entre ses doigts.

— Et vous?

Elle secoua la tête.

— Non. Moi non plus, répondit-elle d'une voix à peine audible.

Se dégageant brusquement, elle enroula les bras autour de son cou. La couverture tomba. Les yeux rivés dans ceux de Gary, elle ne se baissa pas pour la ramasser.

Ses seins étaient pressés contre le large torse, se soulevant au rythme accéléré de sa respiration. Lentement, les mains de Gary descendirent jusqu'aux reins de la jeune femme. Un long frisson courut sur sa peau nue. Elle ferma les yeux, s'abandonnant au plaisir de sentir Gary remodeler son corps du bout des doigts.

Un gémissement s'échappa de ses lèvres quand les paumes dures se refermèrent sur ses seins.

— Jenny ?

Ses paupières se soulevèrent imperceptiblement. A travers la frange de ses cils, elle vit la belle bouche de Gary, près — très près de la sienne.

— Si tu veux que j'arrête...

— Non ! Non, je t'en prie, n'arrête pas, Gary. Je t'aime.

La prenant dans ses bras comme un enfant, il s'agenouilla sur le lit et l'y allongea.

— Ce n'est pas le confort dont j'avais rêvé pour notre première nuit...

— Mais c'est beaucoup plus romantique.

La serviette glissa des hanches de Gary. Plus rien désormais ne les séparait de cette étreinte qui ferait d'eux un seul cœur brûlant du même amour.

Jennifer tendit les bras vers lui...

# 10.

Au matin, Jennifer se sentait incroyablement heureuse. Jamais elle n'avait éprouvé sentiment de plénitude plus profond. Cette nuit, une autre Jennifer était née. Une femme épanouie, comblée par l'amour d'un homme qu'elle aimait plus que tout au monde.

— J'ai hâte de leur annoncer, dit Gary alors qu'ils reprenaient le chemin du ranch.

— Surtout à ton père ! Il va être aux anges. C'est lui le premier qui nous a suggéré de nous marier.

Après une heure de chevauchée, ils arrivèrent enfin dans la cour.

— Tiens, curieux... Clarence est encore là, remarqua Gary.

Tous deux ne pouvaient s'empêcher de rire de bonheur tandis qu'ils entraient dans la cuisine. Toutefois, ils se figèrent sur le seuil.

Barkley, tête baissée, était assis à la table. Gary s'avança face à Clarence qui buvait son café près de lui.

— Ainsi, tu l'as enfin trouvé. Bon travail.

— Pas tout à fait, répondit l'intendant. C'est la faim qui a fait sortir le loup du bois. Il a voulu aller chercher quelque chose chez lui, et un de nos gars l'a pincé. Il n'a pas cherché à nous échapper ; il a simplement dit qu'il voulait te parler.

— Cela tombe bien. J'ai moi aussi quelques petites questions à lui poser.

La mine sombre, il tira une chaise et s'assit face à Barkley, qui évitait son regard. Jennifer se posta derrière Gary, nerveuse.

— O.K., Barkley, je vous écoute, déclara Gary. Je suppose que ce que vous avez à nous dire a un rapport avec ces fuites d'argent que Jenny et moi avons remarquées. Je veux savoir exactement ce qui s'est passé, comment vous vous y êtes pris, et qui étaient vos complices. Je ne vous crois pas assez malin pour avoir organisé seul la disparition de plus de cent mille dollars.

Barkley croisa ses doigts osseux devant lui et adressa un coup d'œil fuyant à Gary.

— Je ne sais pas où partait le bétail, dit-il d'une voix sourde. Tout cela, c'était l'idée de Forrest. Il a tout arrangé. Moi, je n'ai jamais su qui étaient les autres. Je m'arrêtais sur une petite route, je déchargeais une partie du bétail dans un camion qui attendait, et je continuais jusqu'à la ville. Je n'ai jamais vu la couleur de l'argent. Et si je ne marchais pas dans la combine, je perdais mon boulot.

Jennifer vit le dos de Gary se raidir.

— C'était l'idée de Forrest ? répéta-t-il lentement. C'est lui qui a empoché l'argent ?

Barkley hocha la tête avec véhémence.

— Oui ! Tout pour lui.

Gary repoussa sa chaise d'un mouvement si violent que Jennifer dut se pousser pour l'éviter.

— Cette fois, je le tiens, gronda-t-il, le regard fou. Cette ordure ne l'emportera pas au paradis.

Jennifer, affolée par la violence meurtrière qu'elle sentait en lui, le retint par le bras.

— Gary ! Où vas-tu ? Que comptes-tu faire ?

Sa fureur le rendait méconnaissable. Elle le crut capable du pire.

— Je vais le virer du ranch, dit-il en se dégageant. Ne bouge pas d'ici.

— Non ! Pas question de me laisser en dehors, Gary !

Déjà, il se dirigeait à grandes enjambées vers le garage. Elle dut courir pour se maintenir à sa hauteur.

— Il faut que tu m'écoutes, Gary ! Tu ne peux pas y aller dans cet état ! Attends d'être plus calme avant de…

— Laisse tomber, Jenny. Ce n'est pas ton problème.

Il s'installa au volant de la camionnette et claqua la portière sur lui. Rapidement, elle contourna le véhicule pour monter à côté de lui.

— Si, justement, ça l'est si je dois t'épouser. Pour l'amour du ciel, Gary, essaie de réfléchir ! Tu n'as aucune preuve contre Forrest ! Rien que la parole de Barkley. Que vaut-elle, hein ? Je suis certaine que McDonald est seul responsable. Après tout, c'est lui qui s'est enfui sans laisser d'adresse. Et puis, comment veux-tu que Forrest ait organisé quelque chose de cette envergure sans que rien ne transpire ? Tout le monde le connaît, dans la région !

Gary démarra sur les chapeaux de roues.

— Il en est parfaitement capable. Et je ne vois pas pourquoi Barkley protégerait McDonald. Cela n'a aucun sens.

— Ce serait justement intéressant de le découvrir. Gary, je t'en prie, fais demi-tour. Tu n'es pas en état de discuter, maintenant. Essaie de te calmer avant de…

— Inutile. Je ne décolérerai pas avant d'avoir réglé ce problème une bonne fois pour toutes avec Forrest. Il y a trop longtemps que cette explication lui pend au nez.

Jennifer tourna la tête vers la vitre, refoulant des larmes de désespoir. Pourquoi fallait-il que cela survienne au moment où ils étaient si heureux?

La camionnette s'arrêta devant la maison aux murs de rondins.

— Reste là, dit Gary. J'en ai pour deux minutes.

— Non. J'irai avec toi, jusqu'au bout, déclara-t-elle.

Elle tenait à voir la réaction de Forrest. S'il plaidait coupable, alors peut-être pourrait-elle pardonner à Gary.

— Où est Forrest? demanda Gary à la gouvernante.

— Avec votre père.

Avisant l'attitude menaçante de Gary, Mme Young s'inquiéta.

— N'allez surtout pas perturber votre père en ce moment.

— Il faudra bien qu'il apprenne la vérité tôt ou tard.

— Gary, non! protesta Jennifer à voix basse. Pas devant Matt!

Une fois de plus, elle tenta de le retenir, mais il la repoussa d'un geste impatient et remonta le couloir vers la chambre. Ouvrant la porte à toute volée, il s'avança vers Forrest assis sur une chaise près du lit. Jennifer s'était arrêtée sur le seuil, atterrée.

Forrest se leva.

— Que se passe-t-il, Gary?

— Fini de jouer, Forrest. Barkley nous a tout raconté. Je doute que le ranch récupère un jour son argent, mais en attendant, je te suggère de faire tes valises et de partir loin d'ici. Et surtout, ne t'avise pas de revenir. Evidemment, il serait bien vu que tu t'excuses auprès de Matt avant.

Matt se redressa péniblement sur un coude.

— Qu'est-ce que c'est que cette histoire, encore? Gary, explique-toi!

Gary toisa son frère, un rictus de mépris aux lèvres.

— Dis-lui, Forrest. Dis-lui comment tu as revendu du bétail en douce pour ton propre compte, en obligeant ce pauvre Barkley à être ton complice malgré lui.

Forrest s'empourpra vivement sous l'accusation.

— C'est faux! J'ignore où tu as pris cette idée, mais...

— Directement de la bouche de Barkley. Jenny et moi avions flairé quelque chose de louche, dans les expéditions de bétail. Et quand elle a voulu interroger Barkley, il a essayé de la renverser. Et tout ça pour te protéger! J'en suis malade...

— Bon sang, Gary, je n'ai jamais rien manigancé avec Barkley! Je le connais à peine! Il ment. Et tu t'empresses de le croire parce que cela t'arrange.

De nouveau, les injures fusèrent. Gary attrapa son frère par sa chemise, lequel le repoussa violemment.

— Arrêtez! hurla Jennifer. Regardez votre père!

Matt, le teint livide et la respiration sifflante, avait la main crispée sur le cœur.

— Appelez l'infirmière!

Gary sortit en courant de la pièce. Quelques secondes plus tard, une jeune femme apparaissait, une seringue à la main. L'effet calmant de la piqûre fut immédiat, et les joues du vieillard retrouvèrent aussitôt quelque couleur.

— Ça va aller, maintenant, murmura-t-il.

Il sourit faiblement à Jennifer qui lui tenait la main, agenouillée près du lit.

— Dites à ces deux énergumènes de sortir d'ici. Et revenez près de moi, Jenny.

Jennifer se tourna vers les deux hommes figés au pied du lit. Sans un mot, ils quittèrent la chambre.

Quelque chose s'était brisé en elle. En les voyant s'affronter, elle avait compris que jamais ils ne cesseraient de se battre. Et bien que convaincue de l'innocence de Forrest, elle ne pourrait jamais ramener Gary à la raison. Sa haine l'aveuglait. Une haine irraisonnée, bâtie sur du vent, alimentée par de longues années de compétition stupide.

— Je ne sais pas quoi faire avec ces deux-là, Jenny, soupira Matt. Vous pensez que vous pourriez leur mettre un peu de plomb dans la cervelle?

— J'ai bien peur que non. J'ai essayé, mais... j'ai échoué. Je crois que je vais partir, Matt. Il existe peut-être un pays où les gens ne se battent pas.

Elle essaya de sourire, mais les larmes roulèrent sur ses joues.

— Ne pleurez pas, ma fille.

Il lui prit la main.

— Regardez-moi, Jenny, et écoutez-moi bien. Je sais que vous êtes triste, pour l'instant, mais mon petit doigt me dit que vous n'aurez pas à l'être très longtemps. Vous avez sans doute le sentiment que vous arrivez à la fin de quelque chose, et moi je suis prêt à parier que ce n'est qu'un début.

— Vous êtes gentil, dit-elle.

Après s'être essuyé les joues, elle se pencha pour embrasser le vieillard.

— Vous me manquerez, Matt. Quand vous irez mieux, passez-moi un coup de téléphone. Je suis libre, maintenant.

Matt lui adressa un clin d'œil malicieux.

— Comptez sur moi !

Reprenant son sérieux, il baissa la voix et s'assura que ses deux fils avaient refermé la porte sur eux.

— Il faut s'attendre à ce que Gary se mette dans tous ses états quand vous lui annoncerez votre départ. Mais surtout, ne vous laissez pas convaincre. Vous êtes sur la bonne voie. Il faut lui donner une leçon, à ce gamin.

— D'accord, Matt. J'essaierai de tenir bon.

— Et encore une chose, ajouta-t-il, une lueur amusée dans la prunelle. Dites à ces garçons que je ne veux plus les voir. Ni l'un ni l'autre.

— Oh, Matt. Etes-vous sûr que…

— Faites ce que je vous dis, ma fille. Et ne vous inquiétez pas pour moi.

La main sur la poignée de la porte, elle se retourna vers lui. Il l'encouragea d'un signe de tête. Avec un faible sourire, elle quitta la chambre.

Forrest et Gary l'attendaient dans le couloir. Forrest fut le premier à réagir.

— Comment va-t-il?

— Je peux le voir, maintenant? demanda Gary.

— J'ai bien peur que non.

— Non?

Elle secoua la tête.

— Il va mieux, mais il ne veut plus vous voir. C'est le message dont il m'a chargée pour vous deux.

Gary se tourna vers Forrest, fou furieux.

— Tu vois où nous mènent tes idioties?

Ignorant l'accusation renouvelée de Gary, Forrest fronça les sourcils.

— Vous avez pleuré, Jennifer? Qu'est-ce qui ne va pas?

Jennifer hésita. Devait-elle attendre pour annoncer son départ à Gary, ou lui assener le coup dès à présent? Cette dernière solution lui parut trop cruelle, et elle renonça à humilier l'homme qu'elle aimait devant son frère.

— Je voudrais en discuter seule à seul avec Gary, Forrest. Mais il vous tiendra au courant, je vous le promets.

Sans un mot de plus, elle sortit de la maison et alla s'installer dans la camionnette.

Quand Gary la rejoignit, son visage fermé lui montra qu'à l'évidence, il était bien plus préoccupé par son altercation avec Forrest que par la révélation qu'elle s'apprêtait à lui faire. Aussi décida-t-elle de patienter jusqu'au dernier moment.

Le trajet se déroula dans le plus profond silence.

— Je vais faire un tour, déclara-t-il à leur arrivée au ranch. Préviens Nell que je ne serai pas là pour dîner.

Jennifer le regarda s'éloigner. Elle eut soudain la sensation de ne plus compter pour lui. Il ne la voyait plus, ne lui parlait plus...

Impulsivement, elle le rattrapa.

— Gary ! Une minute.

— Qu'y a-t-il ? demanda-t-il impatiemment.

Les ongles de Jennifer s'enfoncèrent dans ses paumes ; sa gorge se noua douloureusement.

— Je vais partir, Gary.

Il inclina la tête, comme s'il ne comprenait pas. Le sang battant sourdement à ses tempes, Jennifer prit une forte inspiration.

— Je ne t'épouserai pas, Gary. Je rentre à Chicago par le premier avion.

— Tu... tu quoi ?

— Je rentre chez moi, répéta-t-elle. Il ne peut plus être question de mariage entre nous, Gary. Tu devines pourquoi, n'est-ce pas ?

En deux pas, il fut près d'elle et la saisit presque violemment aux épaules.

— Mais, Jenny... Enfin, ce n'est pas possible ! Tu ne peux pas m'abandonner ainsi ! Je t'aime, tu le sais ! Je ne pourrais plus vivre sans toi, désormais. Jenny, tu... je ferai tout ce que tu voudras, mais ne pars pas.

— Non, tu ne le feras pas, Gary. C'est au-dessus de tes forces.

Les larmes coulaient de nouveau. Elle ne tenta pas de les refouler.

— Adieu, murmura-t-elle avant de se dégager de son étreinte pour s'enfuir vers la maison.

# 11.

Cette décision avait-elle été la bonne?

La question la hantait. D'autant qu'elle n'y pouvait apporter de réponse.

Gary, bien sûr, avait tout tenté pour la persuader de rester. Il invoquait son amour, promettait de ne jamais plus se quereller avec Forrest. Mais Jennifer était demeurée sourde à ce dernier argument.

— C'est plus fort que toi, Gary. Tu es incapable de contrôler ton animosité envers lui.

— Mais tu ne peux tout de même pas renoncer à une vie de bonheur à cause de mes divergences avec Forrest!

Elle sut lui prouver que si... Et à cet instant, le Boeing l'emportait à travers le continent vers les cieux bien moins purs de Chicago.

Dans son malheur, Jennifer se raccrochait néanmoins à l'attitude confiante de Matt et à la compréhension de Tanya. Tanya qui l'avait conduite à l'aéroport.

— Ne perdez pas courage, Jennifer. Je suis certaine que vous avez adopté la meilleure solution. Je vous approuve sur toute la ligne. Peut-être que votre départ les fera un peu réfléchir, ces deux idiots. Je garde encore l'espoir qu'un jour ils grandiront et qu'ils considéreront leurs différends d'une façon plus adulte. Je voudrais tellement retrouver mon Forrest, tel qu'il était... avant. Il était si attentionné, si doux. Vous n'avez pas idée...

— C'est l'impression que j'ai eue, en effet. Mais quand ont-ils commencé à se battre, réellement? Gary prétend que Forrest n'a pas supporté qu'il le surpasse au collège dans les épreuves de rodéo et autres.

Tanya secoua la tête.

— Non, il y a autre chose. Forrest pliait devant l'exigence de Matt. Il n'a jamais été belliqueux comme Gary, et c'est une chose que son frère ne comprenait pas. Pour lui, refuser de se battre était synonyme de lâcheté; il n'a jamais voulu en démordre. Et à partir de là, il a perdu tout respect pour Forrest. En fait, je crois que si Forrest avait défié Matt et s'était opposé à sa décision, Gary aurait pris parti pour lui. Et comme il a toujours été plus ou moins le préféré de Matt, il aurait su le convaincre. Mais Forrest craignait encore bien plus la colère de son père que la perspective de perdre l'héritage.

Jennifer réfléchit un instant, puis :

— Je comprends. Mais à mon avis, Matt ne demandait que cela — que son fils lui tienne tête, je veux dire. Quand je pense qu'il m'a lui-même confortée dans ma décision de partir... Je suis sûre qu'il respecte les gens qui ont le courage de leurs convictions.

Le signal lumineux s'alluma au-dessus d'elle. Jennifer attacha sa ceinture et ferma les yeux. Si seulement elle pouvait dormir. Elle détestait les atterrissages.

Quelques minutes plus tard, le Boeing roulait lentement sur la piste vers le terminal. Le temps était gris et triste — en harmonie parfaite avec son humeur.

Elle fut étonnée de voir ses parents qui l'attendaient. Tous les deux... Sans doute avaient-ils profité d'une brève éclaircie dans leur ciel sillonné d'incessants orages.

Arrivée à la maison familiale, elle eut droit à une nouvelle surprise : tout avait été redécoré. Jennifer commença à se poser des questions.

— Que s'est-il passé? demanda-t-elle, suspicieuse. Vous avez gagné au loto?

Marion Tarkinton glissa le bras sous celui de son mari.

— Pas exactement. Ton père et moi avons décidé qu'il était temps d'agir.

Elle leva les yeux vers Robert Tarkinton qui l'encouragea à poursuivre, d'un sourire complice.

— Cela ne pouvait plus durer, expliqua-t-elle. Nous étions arrivés à un point de non-retour. D'ailleurs, ce n'est pas à toi que je vais l'apprendre. Alors, nous sommes allés voir un conseiller matrimonial. Et depuis... c'est comme une nouvelle lune de miel, entre nous.

Robert la prit par les épaules et la pressa contre lui.

— Il aura fallu que tu partes pour qu'on se rende compte de notre erreur. Nous ne pouvions pas supporter de te savoir si loin, à cause de nous.

— Resteras-tu quelque temps avec nous? Au

moins jusqu'à ce que tu aies trouvé un nouvel emploi?

Jennifer les regardait fixement, éprouvant quelque difficulté à croire ce qu'elle entendait et voyait. Puis, des sanglots irrépressibles l'étouffèrent. Elle se jeta dans les bras de sa mère, puis de son père.

— Bien sûr! répondit-elle. Je resterai.

Mais ces pleurs qu'elle avait contenus pendant tout le voyage coulaient désormais, aussi violents que sous l'effet d'un barrage rompu.

Robert Tarkinton lui tapota gentiment le dos, puis l'entraîna vers le canapé de rotin.

— Et si tu nous expliquais ce qui ne va pas, mmmh? Marion va nous préparer un thé; une boisson chaude te fera du bien.

Tandis que sa mère s'affairait à la cuisine, Jennifer parvint à se calmer. Suffisamment pour pouvoir confier son infortune à ses parents. Comme elle s'y attendait, Marion s'adressa les plus vifs reproches.

— C'est notre faute, Robert! Si nous n'avions pas été aussi stupides, Jennifer ne serait pas partie, et nous n'en serions pas là, aujourd'hui.

— Il ne sert à rien de se lamenter sur ce qui est passé, Marion. J'ignore s'il existe des conseillers pour les querelles fraternelles, mais tout espoir n'est peut-être pas perdu. Si Gary tient vraiment à Jennifer, peut-être parviendra-t-il à découvrir un terrain d'entente avec son frère.

Jennifer soupira. Après tout, ses parents, en se réconciliant, avaient accompli l'impossible. Alors, pourquoi Gary ne saurait-il pas, lui aussi, trouver le chemin de la paix?

*
**

— Oh, on se dispute encore de temps à autre, expliqua Marion le lendemain matin. C'est normal. Mais nous n'avons plus à remplacer le service de vaisselle tous les quinze jours.

Jennifer sourit. Le soleil entrait à flots par la porte-fenêtre de la cuisine. La maison était calme. Robert était sorti tailler ses rosiers.

— Je suis vraiment heureuse pour vous. J'ai presque honte de venir vous ennuyer avec mes problèmes. Mais pourquoi ne m'as-tu pas écrit?

— Je venais de commencer une longue lettre, hier. Je ne voulais rien dire avant d'être sûre que notre entente durerait.

Elle hésita un instant.

— Tu as envie de me parler de ce Gary?

La perspicacité de Marion en ce qui la concernait avait depuis longtemps cessé d'étonner Jennifer. Sans atermoyer, elle se mit à lui décrire le ranch, les chevaux, le printemps, la vie libre que lui avait fait connaître Gary.

Et Gary. Elle lui raconta Gary sans se lasser — son enthousiasme, son rire, son amour pour la nature, sa sensibilité.

Un long silence succéda à son récit.

— Tu vas avoir du mal à te réhabituer à Chicago, murmura enfin Marion. As-tu l'intention de chercher du travail tout de suite?

— Non, je vais attendre un peu. Je ne pourrais pas aller dès maintenant m'enfermer dans un bureau. Et puis Gary m'a payé mon mois complet, ce qui me permet de prendre un peu de vacances.

— Bonne idée. Avec la mine fatiguée que tu as, tu dois en avoir besoin.

Pendant les semaines qui suivirent, Jennifer se laissa totalement prendre en charge par ses parents. Elle avait la sensation d'être revenue plusieurs années en arrière. Cette passivité la reposait. Elle les accompagna au théâtre, au cinéma, dans les expositions qu'ils visitaient, participa à leurs expéditions dans les centres commerciaux, et se laissa même convaincre de se rendre avec eux pour un week-end sur le bord du lac Michigan.

Cependant, et malgré les efforts conjugués de Marion et de Robert, Jennifer ne parvenait pas à s'adonner pleinement au plaisir de ces sorties. Une partie d'elle-même était restée au Montana et, toutes les nuits, Gary venait lui rendre visite...

Même sa santé semblait se détériorer. A tel point que Marion finit par manifester son inquiétude, un matin, alors que Jennifer regardait les toasts devant elle, incapable d'en manger aucun.

— Tu ne penses pas que tu devrais voir un médecin? Tu n'es vraiment pas dans ton assiette.

Deux jours et quelques examens de laboratoire plus tard, Jennifer annonçait à ses parents qu'ils auraient bientôt un petit-fils ou une petite-fille à dorloter. Ils accueillirent cette nouvelle avec philosophie.

— Cela éclaire la situation d'un tout autre jour, non? demanda Robert, ce soir-là, en fumant sa pipe après le repas. Tu ne comptes pas prévenir Gary?

Jennifer haussa les épaules.

— Je ne sais pas. Je veux cet enfant, mais je veux qu'il ait un père. Si au moins...

Sa voix s'étrangla.

— Si au moins il m'avait écrit. Mais pas un mot, rien... Je ne peux pas le lui annoncer comme cela, de but en blanc. Il s'imaginerait peut-être que j'essaie de faire pression sur lui.

Les jours suivants, Jennifer rôda autour du téléphone. A plusieurs reprises, elle alla même jusqu'à le décrocher et à composer le numéro de code de la région du Montana. Mais à chaque fois, elle ne pouvait se résoudre à parler à Gary. Son silence l'avait replongée dans le doute. L'aimait-il encore?

Un matin, sa mère insista pour l'emmener en ville. Les réticences de Jennifer restèrent vaines devant l'insistance de Marion qui, comme elle le découvrit, avait prémédité cette journée. Sans tenir compte de ses protestations, elle poussa sa fille dans un salon où elle avait pris rendez-vous avec le coiffeur, l'esthéticienne, la manucure et la pédicure. Une remise à neuf totale!

Jennifer en sortit trois heures plus tard, un peu étourdie par l'agitation dans laquelle elle avait baigné. Mais en toute bonne foi, elle dut reconnaître que le résultat était spectaculaire. Ses cheveux, plus courts, avaient retrouvé leur brillant, et ses joues étaient presque aussi fraîches que lorsqu'elle revenait d'une longue chevauchée dans le ranch.

Marion insista ensuite pour qu'elle s'achète une nouvelle robe, ou un chemisier. Enfin, quelque chose qui parachève le tableau. Un soupçon s'insinua dans l'esprit de Jennifer. Marion était décidément trop gaie...

— Qy'y a-t-il, maman? Auriez-vous manigancé quelque chose derrière mon dos, papa et toi?

Marion afficha un air d'innocence outragée.
— Oh! Jennifer! Que vas-tu imaginer?
— Mmmh... C'est curieux, tout de même, cet empressement.
— Mais non. J'ai simplement envie que tu sois belle, ce soir. J'ai prévu un petit dîner.
— Pour nous trois?
— Bien sûr. Pour qui d'autre veux-tu que ce soit?
— C'est bien la question que je me pose...
Elle se décida en fin de compte pour un ensemble de soie noire dont la tunique large avait des manches serrées aux poignets par de petits boutons de nacre.
Il était près de 17 heures quand elles revinrent à la maison. Robert n'était pas là, et Marion demeura résolument évasive quant à l'endroit où il pouvait se trouver.
L'espoir commença à naître en Jennifer, malgré ses efforts pour l'étouffer. Et s'ils avaient réellement comploté à son insu? Et si leurs intrigues allaient porter leurs fruits?
— Ne reste donc pas là à me regarder ainsi, s'impatienta Marion. Pourquoi ne vas-tu pas te détendre dans un bon bain, en attendant le retour de ton père? Et fais-toi belle, pour tout à l'heure. Je suis sûre qu'il en sera heureux. Mets ton nouvel ensemble.
Jennifer suivit le conseil de sa mère. Mais ce n'était pas à son père qu'elle songeait en enduisant sa peau d'huile parfumée; ce n'est pas non plus pour lui qu'elle vaporisa une bouffée de parfum à la base de son cou et au creux de ses poignets.

Gary...

Allait-il venir ce soir ? Elle avait beau repousser cette idée, de crainte d'aller au-devant d'une désillusion cruelle, elle s'imposait à chaque seconde avec plus de force à son esprit.

Les nerfs à fleur de peau, elle s'installa dans le salon. Et attendit. Et attendit...

Vers 20 heures, le gravier de l'allée crissa sous les roues de la voiture. Une portière claqua. Puis deux, trois... Quatre !

Les yeux rivés sur la porte d'entrée, Jennifer retint son souffle.

Son père apparut, un large sourire aux lèvres.

— C'est inespéré, Jennifer. Moi qui allais chercher un de tes amis, je t'en ramène trois, finalement !

Et il s'effaça pour laisser entrer Gary.

# 12.

Jennifer se leva lentement, craignant de se réveiller trop vite d'un beau rêve. Pourtant non, elle ne rêvait pas. Gary était bien là, devant elle, se balançant d'un pied sur l'autre, empêtré dans une timidité qui la fit fondre.

— Gary..., murmura-t-elle.

Elle sourit. Alors, le visage illuminé par le bonheur, il s'avança vers elle pour la recevoir dans ses bras. Ils s'étreignirent avec force, oubliant un instant le monde qui les entourait — jusqu'à ce qu'un toussotement ostensible vienne rompre le charme.

— Jenny, n'oublie pas que tu as d'autres invités, lui rappela son père.

Gary la relâcha et se tourna vers son frère.

— Forrest, présente tes félicitations à la future Mme Quinn.

Forrest se pencha en une révérence comique.

— Enchanté. Je crois que vous connaissez déjà ma femme?

— Tanya?

La jeune femme apparut à son tour dans le salon et embrassa amicalement Jennifer qui ne savait où donner de la tête.

— Je ne comprends pas ! Gary, explique-moi ! Que se passe-t-il ?

— Asseyez-vous tous, suggéra Marion. Que voulez-vous boire ?

Une fois les apéritifs et les amuse-gueule servis, Gary entreprit de tout raconter.

— Eh bien, après ton départ, j'ai essayé de parler à Matt. Mais il a persisté dans son refus de nous voir, Forrest et moi. Il nous a même fait dire que si nous ne trouvions pas le moyen de nous entendre, il nous déshéritait tous les deux, et qu'on pouvait bien aller planter des navets en Alaska, il s'en moquait éperdument.

Jennifer, serrée contre lui sur le canapé, se mit à rire.

— Ça ne m'étonne pas de lui.

— Donc, nous n'avons pas eu d'autre solution, Forrest et moi, que de discuter calmement ensemble. J'ai bien dû me rendre à l'évidence, et admettre qu'il disait vrai en proclamant son innocence. La seule chose intelligente à faire était donc d'aller voir d'un peu plus près le rôle de McDonald dans cette histoire. Nous nous sommes donc précipités à la salle des ventes… Ce qu'on aurait dû faire tout de suite quand tu as découvert que les justificatifs avaient disparu, bien sûr.

Il eut un haussement d'épaules en guise d'excuse, puis reprit :

— Il est apparu que la version de Barkley était montée de toutes pièces. Le bétail n'a jamais été volé. L'escroquerie se passait uniquement au niveau du paiement. McDonald encaissait le chèque en son nom dans une banque spécialisée dans ce genre de chose, puis reversait un autre chèque sur le compte du ranch — d'un montant inférieur, naturellement. Barkley n'a pas persisté dans son mensonge quand il s'est retrouvé face à Forrest et moi, et il a reconnu qu'il avait agi sur l'instigation de McDonald. Comme mon animosité envers Forrest était de notoriété publique, ils étaient assurés, en suggérant que Forrest était coupable, que je mordrais à l'hameçon.

Il secoua la tête, sincèrement repentant.

— Quand je pense que j'ai bien failli perdre tous ceux que j'aime à cause de cette histoire... Y compris mon frère, ajouta-t-il avec un clin d'œil à l'adresse de Forrest.

Celui-ci sourit.

— Gary a tenu à ce que nous l'accompagnions. Il craignait que vous ne le croyiez pas sur parole.

— Il a bien fait. J'aurais peut-être eu des doutes, en effet. Mais vous n'êtes quand même pas venus rien que pour m'annoncer cela, non?

Tanya reposa son jus de tomate sur la table.

— Nous avons une autre raison, en effet. Nous devons voir un spécialiste en obstétrique. J'ai bon espoir de donner bientôt un petit-fils à Matt.

Jennifer se pencha pour serrer la main de Tanya entre les siennes. Elle brûlait d'envie de leur annoncer la nouvelle, elle aussi. Mais il valait tout de même mieux qu'elle attende d'être seule avec Gary.

— Matt avait émis une autre condition, si on voulait conserver l'héritage, expliqua encore Gary en riant. C'est que Forrest et Tanya revivent ensemble. Forrest peut bien aller gagner sa vie en jouant du piano si ça lui chante, du moment qu'il lui fabrique un petit-fils dans les meilleurs délais!

— Vous allez quitter le ranch? demanda Jennifer.

Forrest secoua la tête.

— Non. J'irai sans doute jouer dans des clubs, de temps à autre, mais c'est sur nos terres que je veux élever notre famille. Jenny, ne nous en veuillez pas, mais nous n'allons pas nous attarder. Le voyage a été pénible, pour Tanya, et je souhaite qu'elle se couche de bonne heure.

— Je vous accompagne à votre hôtel, déclara Robert en se levant.

Marion l'imita.

— Je viens aussi. J'ai l'impression que Gary et Jennifer n'ont pas vraiment besoin de moi.

— Maintenant, dis-moi, Jenny... Tu as quelque chose à m'apprendre, non?

Elle arbora un air de fausse innocence.

— Moi? Pourquoi?

— Ton père m'a appelé pour me dire de venir le plus vite possible. J'imagine que ce n'est pas pour que je voie ta coupe de cheveux. Même si elle te va à ravir.

Jennifer plongea son regard dans le sien, puis son visage s'illumina, tandis qu'elle se jetait à son cou.

— On va avoir un bébé, nous aussi, Gary!

Un sourire de pure béatitude s'épanouit sur le visage de Gary.

— Un bébé? Oh! Jenny, c'est merveilleux!

Il l'embrassa avec une tendresse qu'elle ne lui avait encore jamais connue.

— Je ne sais pas pourquoi, mais tu m'apparais soudain encore plus fragile qu'avant. Il va falloir que je sois plus délicat avec toi.

— Qu'est-ce que tu racontes! Je ne suis pas fragile... Je suis seulement enceinte. Mais si tu tiens à me dorloter, je ne demande pas mieux. Il y a longtemps que tu ne m'as pas fait manger mon potage.

Elle redevint soudain sérieuse.

— Gary... Pourquoi ne m'as-tu jamais écrit? Ni téléphoné? J'avais peur que tu m'aies oubliée.

— T'oublier? Tu es folle! Comme si je pouvais cesser de t'aimer. Autant demander au monde de s'arrêter de tourner! J'étais très malheureux, moi aussi, tu sais. Pam ne voulait plus me parler et Clarence me traitait d'idiot. Je me suis retrouvé très seul, jusqu'à ce que je commence à faire les premiers pas vers Forrest. Mais je voulais être certain que notre entente, à Forrest et moi, résisterait au temps. Je ne pouvais pas prendre le risque de t'annoncer notre réconciliation si elle n'était bâtie que sur du sable. Tu comprends?

Elle hocha la tête.

— C'est exactement ce que mes parents m'ont dit.

A son tour, elle lui parla de la métamorphose opérée par ce conseiller miracle sur Marion et Robert.

Ils bavardèrent encore un temps, jusqu'à ce que Jennifer surprenne Gary en train d'étouffer un bâillement.

— Fatigué?

— Mmmh. Je n'ai pas dormi de la nuit. J'étais tellement excité à l'idée de te revoir...

— Tu veux peut-être te reposer?

— Avec toi?

— Evidemment, avec moi. Tu ne crois tout de même pas que je vais te border et revenir m'installer devant la télé.

— Mais... et tes parents?

— Ne t'inquiète pas pour eux. Ma mère m'a glissé à l'oreille avant de partir qu'elle avait très envie d'aller voir le dernier Woody Allen, ce soir...

Jamais elle n'aurait cru franchir un jour le seuil de sa chambre de jeune fille dans les bras de Gary. Il la déposa sur le lit et tira les rideaux. Une douce pénombre s'installa dans la pièce.

— Ferme les yeux et imagine que nous sommes de retour dans notre refuge, murmura-t-il. Dehors, la tempête fait rage. La pluie bat contre les vitres, le vent s'acharne sur la porte et essaie de s'engouffrer dans la pièce. Mais à l'intérieur...

— A l'intérieur, c'est une oasis de paix et d'amour. Nous avons trouvé le paradis, Gary.

— Et cette fois, nous ne le quitterons plus... Jamais.

# COLLECTION HARLEQUIN
## Parution du 15 du mois

### COLLECTION HORIZON

**FRISSONS D'AUTOMNE,** *de Sally Wentworth*
Que d'accidents, au manoir de Layton House, depuis l'arrivée de Shirley et Paula... Au fait, s'agit-il bien d'accidents ?

**EN JOUANT AVEC LE FEU,** *de Rebecca Winters*
Femme dans une équipe de pompiers, cela ne va pas sans poser quelques problèmes ! Surtout lorsque le capitaine n'est autre que votre ex-mari... et que vous l'aimez encore !

**LE CHÂTEAU DE L'IMPOSSIBLE OUBLI,** *de Anne Mather*
Dix ans plus tard, Rachel revient dans le château où elle fut si heureuse... Autrefois, lorsque Matthew l'aimait ! Mais à propos, pourquoi donc l'a-t-on invitée ?

**DRÔLE DE FIANCÉE,** *de Lilian Peake*
Mrs Faringdon a d'étranges lubies : avant d'embaucher Barbara, elle exige de rencontrer son fiancé ! Lequel, malheureusement, n'existe pas... Comment se sortir de ce guêpier ?

**LE SECRET DE LA FEMME GANTÉE,** *de Susan Napier*

Été comme hiver, jour et nuit, Maggie toujours porte des gants... Venant d'une telle excentrique, personne ne s'étonne ! Car la femme gantée cache bien son secret...

**AU RANCH DES CŒURS FIERS,** *de Katherine Arthur*
Les aventures d'une matheuse citadine au pays des cow-boys...

**PROMENADE AU JARDIN DES FÉES,** *de Miriam Macgregor*
Jamais Sylvia ne se le pardonnera ! Voilà sept ans, avec quel dédain elle repoussa les avances de Thomas Carville ! Mais comment aurait-elle pu prévoir que l'étudiant timide se transformerait en irrésistible séducteur ?

**UN ANGE A EDEN COTTAGE,** *de Claudia Jameson*
Un petit cottage perdu dans la campagne, sans téléphone... Diane pose ses bagages, soulagée : enfin tranquille ! Mais son étrange voisin ne semble pas l'entendre de cette oreille...

## SÉRIE BLANCHE - volume double

**LA BAGUE DU Dr BLACK,** *de Stella Whitelaw*
Des plages de sable fin de la Barbade aux grottes de Minorque, des buildings de New York à la lagune vénitienne, Kirstie court aux quatre coins de la planète... et rencontre l'amour !

**LES DEUX AMOURS DE MARJORIE,** *de Frances Crowne*
Entre Luc Chesnais, beau et taciturne chirurgien récemment nommé à la clinique Hans Joseph, et Hugh Barnard, fougueux officier américain, le cœur de Marjorie balance...

## SÉRIE ROYALE - volume double

**ENLÈVEMENT A CARTHAGÈNE,** *de Joanna Makepeace*
Sur la galère royale qui l'emmène vers son nouveau destin, doña Maria Santiago, grande d'Espagne, croise le regard plein d'insolence d'un étonnant galérien.

**LE PIRATE GENTILHOMME,** *de Yvonne Purves*
– Je ne serai jamais la maîtresse d'un pirate !
– Qui parle de cela, madame ? Je puis fort bien me contenter de n'être que votre époux

## ASTRO-ROMAN

**UNE ADORABLE VOISINE,** *de Glenda Sands*
Steve G. Hollis vient à peine d'emménager dans son nouvel appartement que déjà la colère le gagne. Et sa voisine n'est pas étrangère à ces mouvements d'humeur...

**UN HÉRITIER DE TROP,** *d'Octavia Street*
Une mine d'or désaffectée et une vieille station de ski dans le Montana : drôle d'héritage pour Carrie... Tout irait pour le mieux s'il n'y avait pas ce Joe MacFadden, l'*autre* héritier...

Composé par Eurocomposition, Sèvres
Achevé d'imprimer en septembre 1990
sur les presses de Elsnerdruck
pour le compte des Éditions Harlequin

N° d'éditeur : 3281
Dépôt légal : octobre 1990

*Imprimé en R.F.A.*